有些愛

你以為堅不可摧

紙情

序

我唔係甚麼學者，冇修讀兩性關係嘅專業課程，亦冇關於心理輔導嘅文憑；我更加唔係拍過好多次拖，擁有無數人生歷練可以同大家分享嘅過來人……我只係喺一個破碎家庭長大，但仍然相信呢個世界有愛情，希望人人可以搵到幸福嘅普通人。

相信大家都曾經喺電視劇、電影聽過正式嘅婚姻誓言：**「從今日開始，無論係順境定逆境，富有定貧窮，健康定疾病，我都會永遠愛你、珍惜你直到地老天長，我承諾我將對你永遠忠誠。」** 每次新郎、新娘講完呢句，都會相視而笑，再喺賓客激動大叫「咀佢」、「咀佢」嘅鼓勵下，嗰個長達 10 秒嘅深情一吻，令人非常羨慕。

但係，喺粉紅色泡泡嘅背後，有邊個知道佢哋曾經經歷咗咩，又有邊個知道佢哋將會面對啲咩？

上個月我收到一個朋友嘅電話，佢喺另一面喊到聲嘶力竭，激動到氣管收縮，話語斷斷續續，好難聽到佢講咩。不過大概都知道發生咩事，因為當中有「佢呃我」三隻字。佢同老公係朋友口中嘅模範夫婦，佢已經有咗4個月BB，諗住終於可以同老公組識家庭，好開心咁啦，但呢個時候竟然畀佢發現到老公搭上另一個女人，第三者自己都有男朋友。佢哋嘅對話中有親密稱呼、未來承諾、頭貼頭合照，仲彼此不時講對方另一半壞話，睇番啲紀錄，關係持續咗半年咁耐，好似我朋友先係嗰個第三者咁。

　　等到稍為平靜落嚟，我朋友嘅痛心先開始被腦海中一個個問號佔據：
「日日瞓喺我隔離嘅人到底係邊個？」
「點解佢對我講住大話依然笑得咁甜？」
「點解佢明知我受傷仲繼續做？」
「點解佢忘記晒我哋相愛嘅點點滴滴？」

明明對方衫上面遺留嘅洗衣粉味道、從鼻腔吐出嘅氣息、臉貼臉嘅溫度⋯⋯種種感覺仲好清晰，但當我朋友睇清現實，突然覺得呢啲感覺熟悉又陌生⋯⋯唔通大家一齊嘅日子⋯⋯係白過？

大多數人都渴望愛情係一生一世，永恆不變，就好似童話故事講嘅咁，公主同王子就喺城堡裡面過住幸福、快樂嘅生活。可惜現實唔係童話，世事存在太多變數，唔係你想就事成。無論同另一半一齊咗一日、3個月、一年，定係30年，兩個人係青梅竹馬嘅模範情侶，定係排除萬難，好唔容易先喺埋一齊，都有可能發生 TBB 一樣咁戲劇化、老套嘅意外。

有人話，被仇人刺一刀，都冇被最親、最信任嘅人背叛咁撕心裂肺。因為前者嘅交戰，你早已預料到；後者單方面嘅傷害，就係你一心一意愛佢之下，從來冇諗過會迎來嘅結果。

「紙情」聽過大大小小嘅故事，好多人走唔出被人欺騙、利用、出賣嘅陰霾，甚至呃埋自己，以為可以當無事發生。《有些愛你以為堅不可摧》收錄咗背叛起源、跡象、面對被背叛嘅心態、處理方法，以 61 篇章結合真人真事改編個案，希望大家知道喺重新審視關係期間嗰種感覺一定好難受，不過我都好想你哋勇敢面對真相，睇清楚對方，將傷痛化為重生力量，避免再次受傷。

　　將心裡面嘅文字出版成書係好多文字工作者嘅心願，但其實能夠為你哋帶嚟啟發，搵到幸福就更有意義。我嘅觀點未必係最好，或者都能作為大家了解同應對感情嘅其中一個指引，一齊學習愛情。

目錄

Chapter 2/
The Traces of Betrayal
第二章節 / 背叛跡象

Chapter 3/
The Right Mindset to Face Betrayal
第三章節 / 面對被背叛嘅正確心態

Chapter 4/
The Ways to Deal with Betrayal
第四章節 / 被背叛處理方法

無論說多少次「對不起」

也不能當作沒事發生

對他　背叛是剎那間的衝動

對你　被背叛是一生的陰影

愛得刻骨銘心
卻留下難以磨滅的傷痕

你掏心掏肺欲得到真愛

只落得撕心裂肺的下場

你就是太顧及他人感受

而忘了自己

為何當初甜蜜幸福的心動

換來如今苦澀難受的心痛

給他一次機會補償？

錯就是錯 不是凡事都能補償

對他人憐憫

就是對自己殘忍

Chapter 1 /

第一章節

背叛起源

The Origin
of Betrayal

01
認識背叛前先要了解咩係欺騙？

　　喺一段感情裡面，最唔想就係遇到對方出軌。出軌，亦可以稱作外遇、不忠、偷食、偷情。無論係父母睇你另一半唔順眼，想你離開佢；定係你同伴侶火星撞地球，日日鬧交……只要你哋仲深愛大家，呢啲困難都可以兩個人試吓同心協力跨過去。但當有日佢背叛你，得番你一個，你仲可以點維繫呢段感情？

　　雖然呢本書往後探討嘅內容同精神、肉體出軌有更大關係，不過唔代表我哋要輕視層層欺騙嘅嚴重性。要記住，另一半有心呃你，已經代表佢唔遵守承諾，背棄你對佢嘅信任，縱容佢，可能只係畀機會佢再進一步背叛你。唔好姑息，及早發現真相，先係上上策。

　　　　　　　　　　　　　有些愛　原來堅不可摧

Hanson 今年 3 張㗎喇，人如其名係幾 handsome，37 臉有啲似謝檸檬，份人仲要好唔話得，只要佢得閒，叫佢拎速遞、搶平機票、排隊買限量版嘢都永冇 say no⋯⋯咁嘅筍盤梗係受女仔歡迎啦。

一直以嚟 Hanson 嘅異性閨蜜唔少，不過就算有女朋友，佢都唔識同閨蜜保持距離，除咗睇戲食飯行街，仲會單獨去旅行、食情侶餐。Hanson 話喎，佢同啲朋友已經識咗好耐，呢啲行為正常到不得了。

唉，但對佢嘅女朋友嚟講就係地獄呢！試問有邊個女朋友，可以容忍男朋友同異性咁親密？有邊個女朋友，接受到男朋友放喺異性閨蜜身上嘅時間，仲多過同自己二人世界？結果 Hanson 咪次次都拍唔長拖囉。

拍過 4 個月嗰個，就激動到掟爛晒 Hanson 屋企啲嘢，搞到佢老母燉過火屎，未結婚就上演「婆媳」大戰，而分手收場，最後好快搵到個差唔多年紀嘅男仔一齊，前年先擺完酒⋯⋯一年嗰個，喊住咁寫千字文，狠心斬纜，block 埋 Hanson 所有聯絡方法，

聽講話生咗仔，依家做埋 KOL 喇。

Hanson 經歷咗咁多嘢，都未識醒，上個月佢幫幾個閨蜜去酒店搞生日會過埋夜，嗰次個女朋友頂唔順，一嘢搶咗 Hanson 手機，逐個打畀佢啲閨蜜，鬧佢哋係死八婆，明知 Hanson 有女朋友都黐埋去，唔識分莊閒，仲喺討論區爆晒佢哋同 Hanson 啲嘢。勁多網民狂鬧 Hanson，有啲人仲依住篇文嘅線索想起底，嚇到 Hanson 嗰排除咗返工，其餘時間唔敢出門口。睇晒啲網民嘅留言，佢終於知道朋友就算幾親密，有啲嘢，係唔應該做。而件事之後，佢啲閨蜜只係敢同佢普通見個面，傾偈都少句，關係疏離咗好——多——。

呢個時候 Hanson 公司嚟咗個新同事 Mina，佢身高唔夠 160cm，塊臉好細，如果要形容，話佢係港版「齊藤飛 X」都不為過，好鬼 cute。Hanson 特別鍾意小鳥依人嘅類型，對於 Mina 呢種咁合符條件嘅完美對象～簡！直！毫！無！抗！拒！之！力！喺佢嘅主動關心同溫柔體貼下……一個月？兩個禮拜？哼，唔使一個禮拜就攻陷咗 Mina 嘅芳心。

果然 Mina 係個好女朋友，會主動講去邊，做緊咩，唔使 Hanson 擔心。不過 Mina 太愛 Hanson 喇，愛到一秒都唔想分開，Hanson 只係 5 分鐘冇上線，Mina 就會狂打電話問佢喺邊，又想大家 24 小時見住，搞到 Hanson 開始有之前抖唔到氣嘅感覺。

個心驚都冇用㗎，有啲嘢，始終都係要面對。雖然話就話要同女朋友以外嘅異性保持距離，但閨蜜生日，作為好朋友只係出席吓，一齊慶祝，理所當然。Hanson 係咁諗，不過佢怕如果講事實出嚟，佢仲要堅持去，控制慾強嘅 Mina 會即刻反面。佢怕班閨蜜又再被人問候，更加怕自己再次被擺上網批鬥、起底。所以 Hanson 嗰邊就同閨蜜講咗自己一定到，呢邊就同 Mina「解釋」，話公司要佢星期六返去加班，唔可以同佢出街：「唉，我都想陪你，但冇辦法啦，老闆叫到。」雖然 Mina 鍾意癡住 Hanson，不過佢都明白事理，知道工作唔係講玩，所以冇繼續糾纏。

星期六，Mina 同公司一個幾熟嘅同事傾偈，原來公司叫咗佢返去做張急單。正當 Mina 話佢同 Hanson 一樣要假期開工好慘嗰陣，對方竟然話：「Hanson？佢返咗嚟咩？」Mina 心裡一沉，再三問同事確認，得到嘅答案都係一樣。後來 Mina 打俾

Hanson，問佢喺邊度，Hanson 講咗 3 次「喂」，就話電話收唔到，匆匆收線。

佢知道，Hanson 呃咗佢。

原來 Mina 有過段唔好嘅戀愛經歷，曾經佢有個拍咗拖 7 年嘅未婚夫，訂婚後一個月，Mina 好忙，差唔多日日都 OT，同未婚夫見面嘅時間少之又少。有次 Mina 朋友喺街度撞見佢夫婚夫同第二個女仔拖手過馬路，先知道 Mina 慘被戴綠帽。自此，Mina 對愛情好小心翼翼，控制欲好強，嚇走咗唔少男人。直到遇到 Hanson，佢竟然接受到，Mina 以為佢同其他男人唔一樣，會真心會對自己好啦，點知到頭嚟都係咁！

Mina 唔知道 Hanson 去咗邊，唔知同咩人一齊，唔知係唔係又識咗第二個。佢唔明，點解自己只係怕忽略咗 Hanson，想多啲同佢傾偈、見住佢啫，究竟做錯咗啲咩？佢愈諗愈心悒，之後將自己反鎖喺廁所，求其拎支液體就咁飲咗佢（大家切勿模仿）。

好彩，Hanson 聽到 Mina 打電話嚟啲吓就知道自己已被揭穿。

　　　　　　　　　　　　　　　　有些愛　原來堅不可摧

諗起 Mina 平時見到佢病咗，即刻妝都唔化，就搭的士仆上嚟照顧佢嘅樣；諗起 Mina 明明連蛋都唔識煎，都會努力上網搵食譜學煮嘢食嘅樣。Hanson 於心不忍，即刻趕去 Mina 屋企交人同道歉。去到 Mina 屋企，唔見佢，只係見到個廁所鎖實咗，佢即刻搵張凳係咁撞爆個鎖。見到佢瞓喺地下奄奄一息，Hanson 及時將佢送去醫院，執番條命。

到 Mina 醒番，Hanson 好後悔咁坦白一切，Mina 捉住佢嘅衫袖，眼眶紅咗一圈：「原來你今次只係想去食個飯……我從來都冇阻止你識邊個，做啲咩！你唔應該呃我……我真係好驚……嗚嗚……」最後佢哋將心底話都講晒出嚟，溝通完終於重修舊好，一天都光晒。

孫子兵法裡面有句係：「兵者，詭道也。故能而示之不能，用而示之不用，近而示之遠，遠而示之近」。意思即係用兵作戰時，明明非常善戰，卻喺敵人面前就扮成軟弱無能；明明準備出兵，但喺敵人面前裝作退縮；明明想攻打近處，但對敵人扮做要攻擊遠處；明明想攻打遠處，但對敵人扮要攻擊近處。簡單嚟講，兵不厭詐，打仗就係要用詭詐之術，令敵人摸唔清自己底細，甚至

因為軍心被打亂而誤判戰略，從而得到勝利。套用番去現代，明明唔使打仗，不過有啲人對住另一半都係咁虛偽。

存心想欺騙人有 3 個步驟，就係先隱瞞真相，再偽裝自己，講大話製造玄虛，最後以言語迷惑，詳細嚟講：

1. 隱瞞真相

　　佢會做好多唔見得光嘅事去掩飾，等你發現唔到佢嘅真正目的，例如例如避開你經常行嘅路線；叫朋友扮睇唔到，唔好揭穿等……雖然呢個只係第一步，但呢啲行為已經等同欺騙，唔好覺得有幾高尚。

2. 講大話

　　佢會偽裝到自己好好，為人坦蕩蕩，用假嘅藉口掩飾，存心誤導你，等你唔好揭穿佢嘅真面目。

3. 言語迷惑

　　佢會用好多花言巧語製造糖衣陷阱，等你以為佢好愛你，唔會呃你，唔再懷疑佢。就算你揭穿佢，佢都會繼續呃你，美化成係佢愛你、錫你，先會欺騙你，呢種係最高招數。

而欺騙模式最常見有 5 類：

　　第一類：扮到自己除咗你之外，同其他異性毫無關連。例如約咗異性朋友見面、食飯、出街，但呃你做緊公事或者其他嘢；例如偷偷哋同異性朋友傾偈，但刪晒紀錄；例如私底下開個新嘅社交平台帳戶，專門 follow 異性朋友，like 佢哋啲相。其實朋友唔係男人就女人，但佢怕你介意、唔鍾意、呷醋，所以特登唔話畀你知，仲做好多行為去掩飾。

　　第二類：隱藏自己嘅不良嗜好，例如酗酒、食煙、叫雞叫鴨、爛賭、蒲吧、吸毒等。呢啲人好危險，可能要等佢賭錢賭到傾家盪產，搵你幫手還錢；吸毒產生幻覺，傷人害己；食煙食到身體出事……你先會知真相，到時想阻止都冇用，已經遲咗。

第三類：隱瞞性取向呢種最仆街，社會、屋企人、親戚接受唔到佢係同性戀，係人哋嘅愚昧同無知，但如果佢選擇同你一齊，幫自己扮做異性戀，冇問過你就犧牲你嘅幸福，到你知道真相嗰陣晴天霹靂，卻又不得不離開佢，極之可恥。

第四類：好多電影都會有呢啲情節，例如個男主角有絕症，為咗唔好成為女主角嘅負累，用扮出軌呢招提出分手，去到死前一刻先大爆料。呢種虐戀劇情的確好受觀眾歡迎，但戲係戲，現實係現實，佢以為咁做好偉大，其實戇膠膠。唔單止傷害緊彼此，去到最後仲會留低遺憾，繼續生存嘅人先係最痛苦。身體出現咩狀況係迫不得已，就算唔可以生 BB、有癌症都應該及早講出嚟，一齊面對。

第五類：隱瞞財政狀況，目的不盡相同。例如住公屋扮住私樓，車佢返屋企，佢話喺港鐵站停低，仲有幾步行番去就得，或者喺第二度落咗車，佢再搭車番去，等自己唔好失禮你，畀你睇低。有啲就充大頭鬼，借朋友架辣跑出入，整假卡片扮有錢，等佢可以順利媷到你。甚至有人係富二代扮窮，想睇你係唔係真心愛佢個人，唔係貪慕虛榮。喂大佬，拍緊《海 X 甜心》？以為自

　　　　　　　　　　　　　有些愛　原來堅不可摧

己係小豬？連最基本尊重都冇，離晒大罩。

惡意欺騙梗係唔要得，有種叫做「白色謊言」又係咩嚟？「白色謊言」即係無傷大雅，就算揭穿真相都只會嬲一陣，唔會破壞大家感情嘅欺騙行為。譬如佢為咗唔好傷害你自尊，同你講：「你一啲都唔肥」；佢為咗保住面子，夾硬擠個笑容出嚟話：「冇事啊，唔使擔心我」等等。不過所謂「白色謊言」好主觀，人人嘅底線都唔同，可能佢覺得咁做係出於善意，係對你好，但你就唔係咁諗。所以講到尾兩個人一齊就應該以坦誠、公平為基礎，唔好欺騙，咁咪唔會有分歧囉。

02

點樣先叫做背叛？

　　睇完有冇覺得，原來被人欺騙有種難以言喻嘅痛苦？都可以有好嚴重嘅後果？不過我哋只係講到背叛嘅入門級而已，跟住落嚟先係呢本書嘅真正戲肉。精神出軌、肉體出軌，裡面唔單止包含欺騙，仲有出賣、利用。

- 有正印仲愛上第二個

　　「喂～你瞓未吖？依家好晏喇喎，仲在線上？」

　　「我同緊新同事傾偈，佢有啲返工嘅嘢唔識，我同佢傾埋一陣就瞓。」

「你仲嬲緊我呀？唔好嬲啦，我唔記得咗約咗朋友先臨時甩底咋⋯⋯邊個新同事呀？我識唔識得㗎？叫咩名？」

「唔記得唔記得，講咗好多次，次次都係咁，我哋為咗呢個問題嘈過幾多次呀？你自己諗吓啦⋯⋯講你都唔識係邊個㗎啦，你瞓先啦！」

「講啲咩呀？Cap 圖畀我睇吓。」

「⋯⋯都話咗你唔會知係邊個，佢係都要同我傾呀。係咁啦，我唔講電話住喇，要覆佢 msg!」

「喂⋯⋯你未影相畀我⋯⋯」

「嘟⋯⋯嘟⋯⋯嘟⋯⋯」

Chow 心諗同事啫，又唔係好姊妹，都唔使呢幾日晚晚都同佢傾偈呀？自從鬧咗場大交，Chow 同 Race 深夜談心嘅次數 5 隻手指數得晒。睇番每晚最後上線時間，Race 次次同個同事傾到凌

晨 3 點幾先瞓。雖然 Chow 內心對佢同個同事嘅關係有啲懷疑，不過未有咩證據之前唔想屈佢，所以冇再糾纏喺呢個問題上。

過咗一個禮拜，Race 依然唔多理 Chow。

天氣開始轉涼，Chow 見到臉書有啲 page 介紹野餐好去處。諗番起啱啱一齊嗰陣，Race 講過好想去野餐，但係前度嫌搭車耐，又話坐草地好污糟，死都唔肯去。Chow 睇晒唔同報導嘅介紹，揀埋邊個景影相最靚，send 晒畀 Race，想約佢拍拖，開心吓，點知佢已讀不回。去到第二日，Chow 親自打電話畀佢問先覆咗句：「好呀，你決定啦……」，好似好多心事咁。

為咗氹佢開心，Chow 搵咗好幾十條 Metube 短片，睇吓啲網紅去野餐會帶啲咩。原來個野餐籃係特別款，好難買，係 Chow 搭上搭先搵到有人有。就連個便當，都係 Chow 前一晚去超市買咗啲 Race 平時鍾意食嘅嘢，自己喺廚房默默咁整好。最後刀叉碗碟、嘢食、野餐布、野餐籃、紅酒用咗成千蚊……不過錢可以再賺過，只要 Race 開心就得，Chow 係咁諗。

有些愛　原來堅不可摧

但嗰日 Race 冇乜影過相，只係掛住撳電話，問佢睇緊咩，佢就話返工嗰度有啲嘢搞，期間行開過傾咗成 10 幾分鐘電話，返到嚟就成個人神不守舍。見到佢鬼鬼祟祟刪除一個訊息，Chow 問：「呢個係邊個嚟？」，Race 話係廣告，問佢借唔借錢。冇幾耐又有人搵佢，連續 send 咗幾句「傻妹？」嚟，佢話係新同事搵佢。Chow 唔係好信，新同事點會叫佢做「傻妹」呀？玩阿叔咩？

嗰日之後 Chow 愈來愈難約到 Race 出嚟拍拖，次次佢都話返工好多嘢做，放工又要開導 Cherry。問多兩句，想關心吓，Race 就會發脾氣。

直到有次出嚟食飯，Race 去咗廁所，佢枱面上面個電話震咗幾吓，Chow 好奇想伸個頭去望一望，都未望到，Race 已經喺後面跑過嚟，搶走電話，一坐低就皺起眉頭。

「你咩事呀？」Race 質問。

「仲有咩事？見到你電話震咗幾次，想睇吓係邊個……」Chow 反問。

「你唔信我？兩個人一齊係要講個信字，你咁樣同偷睇我電話有咩分別？」Race 繼續質問。

「吓……邊有咁嚴重呀？我見好似搵得你幾急，想睇吓係唔係好重要嘅事咋嘛。」Chow 呆咗。

「X，你唔信我咪出聲囉！上次你已經問問貢，懷疑我，今次又係咁，就嚟畀你逼癲喇！總之以後唔好再睇我電話。」Race 瞪大對眼，好惡咁用粗口鬧佢。

跟住兩個人全餐飯都冇再傾過偈，只係間唔中聽到刀叉碰撞同吸嗲意粉嘅聲，呢種氣氛有夠詭異。Chow 滿腦疑問，佢從來未見過 Race 咁大火氣……好心提吓佢啫，點解咁嬲？有咩值得需要咁嬲？除非……個電話或者同佢嘅「新同事」有關，又或者嗰個「新同事」唔係同事咁簡單。不過就算點懷疑佢，Chow 都冇機會睇到佢電話，解開謎團。

好彩啱啱一齊第二個月，Race 同 Chow 仲係糖黐豆咁，嗰時 Race 好想同 Chow 去日本旅行，咁啱喺網上成功搶到平機票，

book 晒酒店、樂園入場券。終於等到去旅行嘅機會，Chow 決定趁 Race 扯晒鼻鼾嗰時，靜靜咁伸手入佢枕頭後面，拎出佢部電話。

23 個未讀留言。

Chow 手都震埋，強吞口水，好想知道 Race 收埋啲咩，但又驚知道咗啲唔應該知道嘅嘢，因為，呢個係交友 app。

啱啱一齊嗰陣，Race 同 Chow 就約定大家唔可以用交友 app。依家 Race 違背當日嘅承諾，根本唔使睇裡面啲內容就已經估到佢背叛緊自己。Chow 開始覺得頭昏腦脹，額頭上面冒起豆大嘅汗珠。

「Hi Race^^ 好耐冇見」

「你係邊個？」

「哎呀，你同我個小學同學撞咗名，一時間 add 錯咗，sorry

sorry. 咁你介唔介意做個朋友？」

「咁搞笑，冇所謂呀」

「你有冇男朋友？」

「有吖，一齊咗 5 個月」

「咁好⋯⋯我上個月啱啱失戀，係我唔夠好嘅，唔想女朋友跟住我揌，所以同咗佢講分，希望佢搵到幸福⋯⋯haha，唔講喇，你陪男朋友啦！」

「你真係好⋯⋯我同男朋友鬧交呀，唔想理佢。」

小學同學！？覺得自己唔夠好所以分手？？黐線，呢邊個呀？原來半個月之前，Race 扮話新同事問嘢，其實一直都同緊呢個狗公 flirt 嚟 flirt 去⋯⋯Chow 繼續轆落去，發現 Race 根本晚晚同個隻狗公傾偈。

「BB，我好掛住你呀～幾時我哋可以見一次面呀？想錫錫你」

「我都係，好想成世同你喺埋一齊嘻嘻」

佢哋⋯⋯究竟喺度講緊咩？平時 Race 咁鍾意 hea 應，依家就咁同人甜蜜，仲用死人疊字！？Chow 臉色脹紅，五臟六腑嘅酸澀慢慢湧現，個心好似被活生生扯出身體咁，痛到佢就嚟窒息。佢睇到呢度終於忍唔住喊咗出嚟，眼淚頓時浸濕咗半個枕頭。

Race 因為聽到擤鼻涕嘅聲而驚醒，一擰轉臉，望到揸住電話喊到兩隻眼腫晒嘅 Chow，心知不妙，即刻谷出一行眼淚道歉：「我同佢冇嘢㗎，連見都未見過⋯⋯對唔住呀，咁⋯⋯你同我鬧交呀嘛⋯⋯我想試吓交友 app 係咩嚟，之前未試過，咁啱，又有個人⋯⋯同我傾偈，我對佢唔係真心㗎！」，佢仲發誓會刪除所有對話紀錄，block 埋個男人。

Chow 心軟，當下原諒咗 Race，可惜返到香港過咗冇幾耐，見佢根本咩都冇刪除到，甚至將交友 app 收埋喺電話桌面其中一個資料夾裡面，博 Chow 搵唔到。撳入個交友 app 嘅對話，發現

佢同個男人仲癡纏過之前，啲情話不堪入目，另外仲多咗幾個唔識嘅男人名⋯⋯Chow忍唔住笑一笑，覺得自己好L戀居，一廂情願。

唔好以為冇上床就唔算出軌，精神出軌都係背叛一種，指有啲人愛上伴侶以外嘅人，說話曖昧露骨，滲透愛意，甚至將專注力、關心、愛護都放喺對方身上，將對方當成真正伴侶，發展另一段關係。無論佢係唔係依然愛你，對你係唔係好好，只要佢好似Race咁，明明話愛你，轉個頭就同第二個講同樣嘅說話；明明錫緊你、攬住你，個心就將你當咗另一個人⋯⋯就算未到發展身體接觸嗰步，佢咁已經等同識咗個新對象，發自內心地背叛緊你。如果你同佢關係冷淡、疏遠少少，相信精神出軌只係前奏，佢哋冇幾耐就會行到肉體出軌啦。

不過人生流流長，點都有個人比你條件好啩？佢唔係聖人，真係可以完全唔動心？如果佢只係內心默默咁愛慕另一個人，算唔算精神出軌？總之佢要保持理智同冷靜，清楚明白佢唔會同嗰個人一齊，要一直將呢份心意，呢個秘密收埋喺心底，永遠唔好揭開，唔好話畀其他人知，唔好影響到依家同正印嘅關係。識得

安份守己，咁佢個腦諗咩，有邊個知？

- 沉醉於搞嘢但冇愛情

所有愛情一開始都係好美好，Jason、Ashly 由中學開始到拉埋天窗已經一齊咗 17 年，一直都好 sweet。

Jason 皮膚黑黑實實，身高 183cm，身邊一直都有唔少狂蜂浪蝶，不過佢咁多年嚟都不為所動，獨愛 Ashly 一個。因為雖然 Ashly 冇 E cup、43 吋長腿、鵝蛋臉或者 bling bling 大眼，唔係一個標準靚女，但佢性格勁好，Jason 做咩佢都咁支持。

好似中學嗰陣 Jason 偷偷哋食煙被老竇老母發現，趕咗出屋企，係 Ashly 陪佢喺海旁傾偈傾通宵，最後仲陪佢戒煙。又好似 Jason 唔想結婚使咁多錢，冇買鑽戒、冇影結婚相、冇擺酒，Ashly 都冇講過一句話介意。就算啱啱上車有供樓壓力，Jason 突然想放棄幾皮嘢嘅「鐵飯碗」，走去學影相，做攝影師學徒，得好少酬勞，Ashly 一樣鼓勵佢繼續追夢，唔介意拎晒自己做會計師樓份糧出嚟，幫 Jason 供埋佢嗰份。

入行幾年後 Jason 已經由當初嘅學徒仔變成小有名氣嘅攝影師，開咗間 studio，唔少明星仔都有同佢合作，一單 job 都等於普通打工仔成個月人工。

因為工作穩定咗，Jason 同 Ashly 都有想組織家庭嘅諗法，有排開始佢哋一有時間就會唔戴套啪啪啪。

後來 Ashly 病病吔，好似有啲感冒，一聞到刺激性嘅食物就作嘔作悶，以為病咗，但計番嚟 M 日子，先發現遲咗兩個禮拜都都未嚟。佢戰戰兢兢去藥房買咗支驗孕棒，結果一驗就中咗！當晚 Jason 知道咗之後好開心，攬住 Ashly 一邊錫佢，一邊傻笑咁講：「我做老竇喇！我做老竇喇！」，兩個人成晚都冇瞓，係咁睇啲 BB 嘢。

初為人父，Jason 好緊張，叮囑 Ashly 唔可以食凍嘢、辣嘢，少少都唔得，又陪佢準備好啲鬆身啲嘅衫。見到 Ashly 日頭返工，夜晚仲要做家務，仲叫佢辭職唔好返，安心養胎：「老婆呀～以前我未有能力，要你咁辛苦，依家我搵到啲錢，雖然唔係咩大錢⋯⋯但係我想養你，要你喺屋企歎世界，做全世界最幸福嘅張

　　　　　　　　有些愛　原來堅不可摧

太，好唔好？」Ashly 聽到好感動，連忙點頭應承。

自此 Jason 成為咗全家嘅經濟支柱，Ashly 唔使再返工，但為咗 Jason 放工返到屋企舒舒服服，都開始負責起家頭細務、早午晚三餐。個個都話佢哋好難得，男嘅做到鍾意做嘅嘢，略有小成，老婆又體貼；女嘅完全唔使煩屋企收入，又有個咁專一嘅老公。

有次 Ashly 中學玩開嗰班朋友約出嚟聚會，嗰個出咗名臭口嘅 Amy 望住 Ashly 若有所思，欲言又止。

「你係唔係有啲嘢想講呀？你咪講囉！」另一個中同 Sally 問 Amy。

「嗱，你話想聽㗎咋，唔好話我……」Amy 笑一笑，擺明被佢講中咗。

「講啦！」被 Amy 咁樣吊一吊癮，其他中同更加好奇。

「Ashly，以前你唔算靚女，不過喺我哋之中都算係最瘦嗰個吖，依家你見唔見到你個車呔？見唔見到你個 pat pat？你迫到其他人冇位坐喇！佢哋唔講怕你尷尬咋。」Amy 好似搵到個缺口咁，不斷講不斷講，Ashly 嘅臉色就愈來愈暗沉。

「喂，唔好⋯⋯」Sally 自知舐嘢，想阻止 Amy 繼續講。

「你等我講埋先，唔係佢唔知自己幾嚴重。係，你依家有咗 7 個月啫，但唔等於你完全唔使做運動⋯⋯喂化個妝都都好吖。我係為咗你好，你咁遲早後悔。」Amy 一口氣講完。

其實 Ashly 唔係冇擔心過，啱啱有咗，Jason 對佢無微不至，當正佢係女王咁。因為唔使再返工，日日喺屋企，Ashly 唔再打扮自己，加上隨住佢個肚愈來愈大，體重增加，身形變脹⋯⋯企喺鏡前面，Ashly 都唔記得自己原本個樣係點。佢曾經無數次將自己，同 Jason 鏡頭下嘅明星比較，一度怕 Jason 面對人哋咁好嘅身材會把持唔住。不過每當佢問 Jason：「我依家變成咁⋯⋯你會唔會唔鍾意我？」、「你會唔會出軌？」，Jason 都會好溫柔咁摸佢個頭話：「傻瓜，除咗你，我唔會愛上其他人。」嗯，Jason 係好

男人，佢唔會做呢啲嘢。

去到結婚周年紀念日，Ashly 親自去超市買餸，想準備燭光晚餐驚喜畀 Jason。

突然有個電話打嚟。

「喂？Ashly？大件事呀！」原來係 Amy。

「咩事？」Ashly 問。

「我喺尖沙咀，你老公……同個女人……酒店。個女人著住雪紡䄂衫、摟屌裙……3 吋半高踭鞋，拎住 Channel！」Amy 講到口都震晒。

「你唔好再亂講！唔好玩囉！」Ashly 好嬲咁 cut 線，個心卜卜咁亂跳，佢覺得 Amy 唔會拎呢啲嘢嚟玩，雖然佢臭口，但佢從來係有嗰句，講嗰句。Jason 話就話唔會識第二個，不過呢排佢愈來愈遲返屋企，當佢攬住 Ashly 錫嗰陣，身上面散發出嚟嘅淡

淡蘋果香，一聞就知係 Y 字牌最多人買嘅女——人——香——水。喺會計師樓做嘢嗰時，Ashly 上司就日日噴，介紹過界佢知，所以佢特別深刻。

女人直覺從來好準，而且唔使等 Ashly 證實，一個電話就肯定咗佢嘅假設。

「你係唔係 Jason 老婆？」一把陌生嘅女人聲喺電話另一邊傳嚟。

「係呀……請問你係……？」Ashly 未知對方來意。

「唔該你照吓鏡啦，唔好再纏住 Jason！你快啲同佢離婚！」陌生女人把聲又高音又尖細，一開口就咄咄逼人。未等到 Ashly 回答，佢繼續破口大鬧：「你知唔知，我同 Jason 係兩情相悅？你知唔知我同佢搞過幾多次？你知唔知佢同你講話 OT，其實係同我走去開房？你唔知，佢明明好鍾意我，頭幾次約我上酒店，我問佢會唔會同你離婚，佢都話會。我信咗！我真係信咗！但近排我問佢搞成點，佢都唔理我！！點解？你做咗啲咩去破壞我哋嘅

感情！？你個死八婆！！」

好辛苦⋯⋯好暈⋯⋯呼⋯⋯呼⋯⋯一股無法控制嘅痛心、絕望情緒喺 Ashly 心裡面翻騰，真正嘅心痛原來真係好似被刀生劏咁痛，痛到佢窒息。

返到屋企，個女人 send 咗啲床照畀 Ashly 睇。相中個男人瞓喺床上，著住白背心摸住個女人嘅屁股，一臉享受；個女人坐喺男人跨上，右手遮住個樣，左手揸住自己個波，半張開口⋯⋯雖然只係睇到個男人下半臉，但 Ashly 認得下體嗰粒癦嘅位置，同 Jason 一模一樣。

「點解？點解要咁對我？唔會愛上第二個女人，咁同人做愛⋯⋯就唔係愛！？」Ashly 嘅理智線瞬即斷裂，佢將自己困喺房度大叫大喊，五官扭曲，見到咩就掟爛咩，包括掛喺牆上嘅結婚相。

肉體出軌係指有啲人對伴侶以外嘅人進行過分身體接觸，例如錫嘴、愛撫、任何方式接觸性器官。就算佢搵 PTGF（Part

time girlfriend 兼職女友）、PTBF（Part time boyfriend 兼職男友）、叫雞、叫鴨、搵炮友、一夜情、多人運動，雙方只得身體上嘅交流，完全冇愛過大家，唔想發展成情侶關係，都係背叛嘅一種。

03

點解對方突然背叛你？

　　成日話 10 個男人 9 個滾，仲有一個仲諗緊。好多人都覺得男人就係「下半身思考」嘅動物，不過早前曾有約會平台訪問咗 330 名男女後，發現有 24% 嘅女人曾經出軌，男人只有 18%。可見背叛唔係男人嘅專利，依家好多女人都會畀帽男人戴，已經唔係件稀奇古怪嘅事。所謂「男人要抵得住誘惑，女人要忍得住寂寞」，背叛嘅成因層出不窮，除咗呢兩點，點解佢要咁做？可能一啲真實案例嘅主人翁可以畀到你答案。

- 經唔起外在誘惑 起咗色心

「嗰陣氣氛幾好，佢愈摸愈落，拒絕唔到。」—— Frankie

　　空氣中瀰漫住煙酒嘅複雜味道，舞池裡面男男女女隨住震耳嘅音樂舉高雙手，瘋狂擺動腰部。其中有個女仔背住 Frankie，屁股隨住強勁節拍喺佢下體前面上下磨擦，搞到 Frankie 即刻抬起「頭」。本來佢仲有一絲理性，諗起拍拖兩年嘅女朋友，但當個女仔擰轉頭，眼神迷離，一隻手放喺佢胸膛前掃嚟掃去，另一隻手趁亂向佢褲檔進攻，佢個腦即刻諗唔到嘢。Frankie 話，佢哋之後離開咗舞池，先喺後樓梯一輪激吻，再 book 咗最近嘅酒店大戰，出咗幾次先瞓，成個人散晒。後來就冇後來喇，佢哋冇再聯絡過，女朋友瞓咗，以為 Frankie 返咗屋企，依家依然唔知有呢件事。

　　Frankie 就係一時「性」起嘅例子，呢種人唔係唔愛另一半，亦唔係被出軌對象樣貌、身材好而吸引，純粹係當下被撩起性慾，把持唔住。呢種一時衝動通常冇經過詳細考慮，抱住食得唔好嘥嘅心態，即刻上床撲火，滿足最原始嘅慾望，一夜情居多，

　　　　　　　　　　　有些愛　原來堅不可摧

搞完就算。就好似著名大鼻影星出軌之後就講嘅：「犯咗所有男人都會犯嘅錯。」，當然女人都會咁啦。

- 性生活唔夾 慾求不滿

「女朋友滿足唔到我。」──Tommy

Tommy 由小學開始已經睇 A 片，睇 Pornhxb、Avgxe、Xvidxo 仲多過睇 MeTube。上到大學，佢識咗同系嘅 Venus，兩個好快就一齊咗。雖然 Venus 對眼水汪汪好似識講嘢咁，對波仔起碼有 C cup，條腰好幼，搖起上嚟一定好有視覺刺激，不過佢對性方面冇咩慾望，幾個月都冇搞過一次嘢。奈何 Tommy 次次見完佢都扯晒旗，谷住啲精，好辛苦，要返屋企自己打飛機打出嚟。有次夜晚行過佐敦舊樓嗰邊，見到 2 樓盞偏橙嘅紅燈，Tommy 好奇行上去，見到門口寫住「新到美女 天然多波 多水多汁 招呼一流 任君一試」，佢吞咗幾啖口水，決定試一試。不過佢試咗之後就返唔到轉頭，依家仲會偷偷哋上去，一個月發洩一次。

喺封建社會時代就話男女授授不親，即使二人經過「父母之

命，媒妁之言」早就定咗婚事，一日未過門，一日都唔可以有過分身體接觸。不過依家係 21 世紀，唔止崇尚自由戀愛，大家對婚前性行為嘅態度仲開放咗好多，社會普遍覺得愛情係主食，搞嘢就係調味料，可以令感情更加鞏固。有部分人就唔係咁睇，可能因為信仰；可能想將「第一次」留番畀結婚對象；可能對性真係冇咩興趣，甚至厭惡，種種原因而唔想搞嘢，結果兩個人喺性方面達唔到共識。事先聲明咁諗係完全冇問題，個個價值觀唔同。以榴槤做例子，好似佢覺得榴槤好香滑，係果王，你覺得好臭，完全唔想食咁解。

另外一種就唔關性事夾唔夾嘅問題，而係佢衰鹹濕，或者佢同你因為異地戀長期分離，你點都滿足唔到佢嘅性需要，於是佢就會選擇搵 PTGF、PTBF、叫雞、叫鴨、搵炮友嚟發洩性慾。仲有一點好值得留意，就係呢個問題唔係男人先會有，曾經有研究指出，喺拍拖頭 3 年中，女人慢慢失去性趣嘅比例多過男人兩倍，所以男同女喺性需求上係有分別。

- 生活苦悶想搵啲刺激 新鮮感

「我哋之間得感情，但我想要激情。」── Kelly

　　Kelly 係做 model，佢有個好靚仔嘅男朋友 John，啲人成日都話佢似古天樂，都係做 model，兩個時不時情侶檔搵銀，感情好穩定。雙方家長經常問佢哋幾次結婚，John 都話唔急，想搵多啲錢，承諾一買到樓就娶 Kelly。愛情長跑咗 12 年，John 同 Kelly 咩都做過晒，去過晒，已經變成屋企人咁。喺旁人眼中係好完美嘅一對，但 Kelly 硬係覺得少咗啲嘢。直到 Kelly 去到朋友聚會，識咗個玩音樂嘅男仔，個男仔見識廣闊，知道好多 Kelly 唔知嘅嘢，又應承教佢彈結他。之後 Kelly 為咗唔令 John 發現，日日用私密模式同個男仔傾偈。Kelly 好耐都未試過因為收到一條訊息，個心卜卜跳嘅感覺，亦好耐冇出現為咗出街，揀咗成個鐘頭衫，特別打扮過嘅心思。

　　拍拖有分幾個時期，熱戀期間，佢同你嘅一切總係好美好，就算佢放咗篤屁，你哋都有能力加啲粉紅色泡泡落去，佢一句：「咦～你放屁，不過我鍾意，等我索晒佢先～」，你一句：「哎呀～

你好變態，咁我放多啲啦，咮咮～」呃……簡直係情人眼裡出西施。不過當你哋拍拖時間耐咗，佢身體有幾多粒癦你都知道晒，你邊度有橙皮紋佢都知，即使你哋都係男神女神，望住對方都唔會有激情嘅感覺，而係轉化為親人間嘅感情，就好似對住兄弟姊妹咁，正式進入平淡期。

如果佢係追求新鮮感嘅人，咁佢一定覺得日子太悶、太無聊，就算內心依然愛你，冇諗過分手，佢都會背叛你。佢揀嘅第三者唔一定比你條件好，可能柴過你好多，肥過你好多或者矮過你好多，不過對佢嚟講，生成點已經毫無意義，只要有一點吸引到佢就得。最重要得到初戀嘅新奇、心動感覺，而且有種偷偷摸摸嘅刺激感。

　　　　　　　　有些愛　原來堅不可摧

- 獲取被需要被認同嘅感覺

「我只係想搵人讚吓我。」—— Mike

　　Mike 同 Vivian 讀同一間大學，Vivian 揀咗做 AO，月薪成 5 萬 3；Mike 唔想做死一世打工仔，畢業就同朋友夾份開公司，做網媒。Vivian 一直都好反對，佢覺得初初畢業咩經驗都冇，毅然拎晒啲積蓄開公司好危險，建議佢好似自己咁搵份政府工，年年跳 point 加人工好，安安穩穩先好。Mike 冇理佢，佢認為趁後生咩都試。一開始起步幾好，點知佢哋啱啱有知名度就爆發疫症，生意難做，好多同 Mike 合作開嘅公司都話要 cut 廣告。單係呢幾個月，Mike 同朋友已經要貼錢畀 studio 嘅租、管理費、冷氣費等……望住之前賺落嚟嘅錢逐少減少，有次 Mike 約咗 Vivian 出嚟呻，Vivian 冇安慰佢，仲話：「都話咗㗎啦，唔得就係唔得，當買個教訓。」搞到 Mike 好冇癮。咁啱呢排有個做生意嘅中同突然搵佢，話自己逆市反而賺唔少，聽講佢搞網媒幾勁，所以話想落廣告，乘勝追擊。個中同話好耐之前已經聽過 Mike 間網媒，讚佢搵到唔少明星做訪問，兩個傾咗好耐好耐。Mike 從來未試過

咁開心，冇幾耐就同中中搞地下情。

因為學業事業或者任何事失意，覺得唔開心都好正常，呢個時候佢一定想有個人喺身邊肯定自己嘅付出，支持、鼓勵自己，透過溫暖同愛重建自信。身為伴侶嘅你如果用說教嘅語氣揶揄佢，甚或忽略佢，唔願意同佢共患難，而呢個時候又有另一個異性主動乘虛而入嘅話，就好易出事。只要嗰位異性表現得溫柔體貼，識得欣賞佢，佢喺佢哋身上獲得被需要、被認同、被重視嘅感覺，成功搵到自己嘅價值，即使對方唔係佢鍾意嘅類型，都會好快成為你嘅替代品，填補佢情感上嘅空虛。

- 享受被超過一個人愛錫自己

「咁多個人錫我，唔好咩？」——Tina

任職女僕 cafe 嘅 Tina 講嘢娃娃音，頭髮長到落腰，只有 150cm 高，明明 25 歲，但係唔化妝似足初中生，成日 cosplay 扮嘅未成年嘅角色，好受男 fans 歡迎。本來佢已經有個男朋友，幫佢拎手袋、請佢食飯、買嘢送畀佢，當佢好似公主咁，不過佢依

有些愛　原來堅不可摧

然唔滿足，另外仲同好幾個龍友發展炮友關係。一個就買勁多佢好鍾意嘅 Hello Mimi 嘢送畀佢，放到佢塞滿晒成間房；另一個就會介紹好多朋友去佢間女僕 cafe，指名叫佢服務，谷旺佢嘅人氣，令佢勁過其他女僕；最後一個係整道具好叻嘅 Cosplayer，會免費幫佢整好多嘅武器，有啲仲有埋複雜機關，等佢影相放上臉書專頁威畀人睇。咁耐以嚟，Tina 男朋友都以為嗰幾個只係佢嘅忠實粉絲先送咁多嘢，冇懷疑過，誰不知其實次次 Tina 被佢哋影完相，都會喺酒店搞埋嘢。

呢啲人可能因為家庭背景關係，被父母拋棄過，好渴望愛；可能因為被前度傷害過，好缺乏安全感，所以想被好多人保護，一個分手仲有第二個補上；亦有可能係純粹想被好多人鍾意，對自己好，有咩事發生想搵人幫手，咁多人夠晒方便。

- 酒後亂性唔知自己做緊咩

「飲醉咗先會咁，我都唔想。」── Mandy

　　Mandy 係個 model，平時少不免要著性感低胸衫做嘢。雖然佢 Instagram follower 都有幾 k，好多裙下之臣，不過其實佢已經有個拍咗拖兩年嘅男朋友。呢排 Mandy 又接咗 sell 手工啤酒嘅 job，見到老闆 Boris，佢好驚訝。因為平時見到嗰啲老闆唔係地中海嘅中佬，就係成臉鬍渣嘅肥佬，但係 Boris 好唔同，佢 gel 咗個飛機頭，筆直嘅裇衫下面隱約見到啲腹肌。活動上 Mandy 同啲嘉賓飲酒，飲得好醉，個個走晒，Boris 唔放心佢一個搭的士，所以親自扶佢上自己架車，揸車送佢返屋企。一開門，Mandy 就醉到瞓咗喺地，Boris 將佢抱起拉上床。Mandy 好熱，熱到係咁除衫，仲傻笑咁同 Boris 講：「頭先我就有留意你，你知唔知你好～～～靚仔，哈哈哈……」Boris 聽唔清楚 Mandy 講咩，將耳仔貼近 Mandy 嘴，問佢：「咩話？」，點知 Mandy 一嘢含住佢隻耳仔，用條脷係咁挑逗。Boris 被佢搞到係咁喘氣，雙手解開皮帶，半身壓住 Mandy，度過咗開心嘅一晚。

　　　　　　　　　　　　有些愛　原來堅不可摧

啲人成日都話飲醉酒所以做錯事，自己乜都唔知，試圖撇清所有責任，事實上又有冇可能發生咁嘅事？如果佢真係飲到斷片，當下不省人事，醒咗乜都唔記得，之後話自己同人發生關係；又或者佢嗰陣仲有知覺，可以睜大眼、清楚講到嘢、控制到身體，不過依然阻止唔到同人發生關係，咁你要幫佢報警。因為佢唔係自願嘅情況下被搞，咁係強姦啊！假如佢好似 Mandy 咁，雖然飲到好醉，但依然有意識，冇一點唔情願嘅意思，好明顯兩個人都想啪啪啪。

酒精只需要幾分鐘就可以令人認知力下降，但所謂酒醉三分醒，只要仲有意識，佢都會知道自己做緊乜，只係飲完酒，大腦嘅警戒機制暫時失效，所以先會變得比平時衝動、無懼，做事不顧後果而已。如果佢夾硬唔做，係真係可以唔做，飲醉酒係唔係一個出軌嘅原因，依家你知道啦。

- 覺得第三者某啲優點好過你

「同佢一齊好舒服，我耳根清靜好多。」── Jasper

　　返到屋企，Jasper 同 Bella 又鬧交，今次係因為 Bella 先斬後奏，接咗個唔少酬勞嘅比堅尼廣告，Jasper 唔鍾意，覺得畀人睇蝕晒，Bella 就大發脾氣，話佢管得太多，講講吓喊咗出嚟。Jasper 諗番起之前，每次都係 Bella 做錯嘢，但每次佢都唔會認係自己做錯，只識得發脾氣，次次要 Jasper 道歉先收到科。今次 Jasper 好劫，唔想再冰，唔想再縱容 Bella，又唔捨得見到佢喊，於是搵咗唔係太熟嘅同事 Ella 傾，希望佢畀啲客觀啲嘅意見 。Ella 好靚女，眼大鼻高白雪雪，笑容好好睇，Jasper 一見到就變咗怕醜仔。閒談期間，Jasper 覺得 Ella 好溫柔，似隻綿羊仔，同好似一個隨時引爆嘅炸彈 Bella 好唔同，於是借問感情意見為由，隔日再約佢出街。Jasper 話，Ella 對佢百般遷就，又好聽話，所以呃佢同女朋友分咗手，就咁同佢偷偷哋一齊。

　　呢個世界好大，高過你、好過你、索過你、型過你嘅人大

有人在，如果佢對其他異性充滿好奇，冇定力，即使你願意為佢改，佢依然會因為有更好嘅選擇而出軌。

- 同事日見夜見產生感情

「見到佢仲多過見男朋友，唔覺意就愛上佢。」—— Polly

Polly 同 Wilson 不時合作拍搞笑片，雖然好多人話佢哋好襯，好似情侶，但佢哋其實只係普通同事，更何況 Polly 有男朋友，所以一直都冇乜交集。直至有次 Polly 冇做錯嘢嘅情況下，冇啦啦被老闆鬧，佢覺得好委屈，低頭眼濕濕，但身為打工仔只好死忍。Wilson 咁啱目睹一切，忍唔住幫 Polly 口，反駁佢上司。事後 Wilson 都被人鬧埋一份，話佢駁嘴駁舌，搞到 Polly 唔好意思得嚟，對佢嘅見義勇為多咗份好感，只係礙於自己有男朋友，先將呢個情感收埋喺心中。不過自此，Polly 特別留意 Wilson，佢去沖咖啡，Polly 就借啲意去斟茶；佢落樓下「抖氣」，Polly 就去隔離買嘢飲。同時 Wilson 都對 Polly 照顧多咗，見到佢換水，Wilson 就會衝去幫佢。後來，佢哋兩個變咗固定飯腳，有次傾傾吓，Polly 話想學剪片但冇人教，Wilson 叫佢放工留低，免費教

佢。當日全層得佢哋兩個，呢段不倫戀就咁萌芽⋯⋯

　　好多人返工工時長，除咗父母同你，佢見得最多就係同事。可能你會覺得好多地方都有辦公室政治，同事要做到朋友已經難，點樣發展？通常佢哋本來就睇中對方，或者其中一個對另一個有好感，只係因為種種憂慮先冇進一步發展，一直保持普通同事或朋友關係。可能怕呢種出軌關係好易被其他同事發現同踢爆；亦可能怕分咗手，大家見面好尷尬，唔可以再留喺公司。不過如果佢哋有次偶然機會，就會衝破同事界限。

- 受到曾經出軌嘅朋友影響

「一、兩次出軌唔係咩大事，我朋友都係咁。」—— Danny

　　Danny 同女朋友 Dada 好 sweet，一齊咗 3 個月，日日出 post 放閃。不過佢班朋友好賤，成日都笑 Dada 矇眼、插蘇鼻，個樣好似中咗輻射或者撞完車咁，叫佢搵過第二個，但佢一直冇理到。後來 Danny 因為 project 分組同 Edwin 熟咗，佢問 Edwin 同女朋友拍咗拖 8 年，有冇試過 7 年之癢，Edwin 話冇，Danny

好好奇佢係靠咩維繫。Edwin 就同 Danny 講，其實舊年佢試過偷食，同咗個學妹搞上咗一個禮拜。對方都有男朋友，喺男朋友面前佢係個對性保守嘅女仔，喺 Edwin 面前就係淫蕩炮友，咩 SM、震蛋、69、後門都玩齊。一個禮拜後 Edwin 同條女搞到有啲悶，兩個就話玩夠喇，唔再玩，Edwin 繼續做番乖乖專一男朋友，由此至終佢女朋友都唔知情。Edwin 叫咗 Danny 加入佢同朋友搞嘅偷食群組，裡面佢哋會互相分享偷食相、心得，最後連 Danny 冇幾耐都識咗個細細粒嘅學妹。

從眾效應，係指有人受到多數人嘅一致思想或行動影響，或者因為佢哋施加嘅壓力，懷疑自己嘅觀點，最後改變自己，跟從主流嘅現象，或者可以被稱為「羊群效應」。好似 Danny 就係從眾效應嘅例子，因為佢同啲曾經出軌嘅朋友一齊玩，令佢覺得連好男人都難免咁做，又唔會影響同另一半嘅關係，似乎間唔中背叛伴侶都係件好正常嘅事，即係佢都可以咁做。

- 覺得孤獨 想搵人填滿時間表

「我好愛佢，但我哋好少見面。」—— Susan

　　Victor 係個記者，工時長，日日都要處理突發新聞，忙到可能全日都冇同 Susan 講過一句嘢。因為平時太大壓力，放工佢寧願打機抖吓氣，放假都會留喺屋企補眠，冇乜幾可約 Susan 出嚟。Susan 就唔同，佢係個大學 year 1 學生，上堂坐後排瞓覺、撳手機、同同學傾吓教授個髮型，有時甚至叫同學幫佢拍卡報到，佢留喺 hall hea。雖然身邊唔少同學一有時間就返 part time，不過 Susan 屋企人個個月畀足零用錢佢，又幫佢交晒學費、住 hall 錢，根本唔使佢返工。由於成日咁得閒，冇咩做，想搵 Victor 都好難，佢開始覺得好難頂，好似冇人關心佢咁，個人就嚟悶到發癲。咁啱有個男人想 follow 佢，撩佢傾偈，由星座講到理想，慢慢 Susan 就將感情投放喺對方身上。

　　Susan 唔係唔愛 Victor，佢知道 Victor 好忙，唔得閒理自己，不過佢好孤獨都係事實。為咗排解一時嘅寂寞，所以佢搵咗

有些愛　原來堅不可摧

第三者。呢啲人擁有獨立嘅思維，只係當另一個人係攝時間嘅工具，心裡面明白你先係佢最愛。

- 對前度嘅愛死灰復燃

「完全忘記唔到佢，原來佢都係。」—— Alvin

　　Alvin 同前度 Clara 一齊咗 10 年，已經去到談婚論嫁嘅階段，雙方都視大家係結婚對象。可惜，Clara 突然間被公司派去加拿大分公司做嘢，兩個人時差相隔成 12 個鐘，一邊瞓緊覺，另一邊就返緊工，好難視像通話。慢慢佢哋感情愈來愈淡，由於 Clara 都唔知有冇機會調返香港，所以迫於無奈分手。Alvin 一直都忘記唔到 Clara，日日借酒消愁，飲到好醉，朋友見到佢咁都唔捨得，所以介紹咗個女仔畀佢識。個女仔唔錯，性格幾好，Alvin 都決定試吓，畀個機會自己走出陰霾。就喺佢哋發展得唔錯嘅時候，Clara 忽然間同 Alvin 講，佢終於可以返嚟香港。Alvin 好愕然，冇理由同個女朋友講分手，但又覺得同 Clara 嗰陣分開好可惜，好想一齊番，於是佢瞞住兩邊，一腳踏兩船。

從來前度對現任嚟講都係個好有威脅性嘅存在，因為佢哋曾經經歷過好多事，當中投放嘅感情、時間都係真。無論佢哋一齊咗幾耐、點樣分手，你永遠都唔會知道佢係唔係仲掛住前度，忘記唔到佢哋之間嘅愛，想復合。你只可以全憑佢嘅口頭承諾、行為去釋疑，例如佢 block 咗前度、將同前度有關嘅嘢放去床下底等等……但其實如果佢有心同前度一齊番，做幾多嘢都係冇用，真係睇你信唔信佢咋。

- 被家人輸入錯誤價值觀

「我媽教我，揀男朋友要愈有錢愈好，生活先會開心。」── Anita

Anita 父母喺佢幾歲就離咗婚，原來因為佢老竇覺得自己搵得雞碎咁多，每隔幾日就過大海賭，希望贏到層樓返嚟。樓就冇，瘤就被追數佬扑咗幾舊出嚟，嗰陣 Anita 老母廢事牽連到自己，快快同 Anita 搬走，仲叮囑佢一定要揀有錢仔。大個咗之後，Anita 為咗識有錢仔無所不用其極，小學已經化妝返學，中學揹成皮嘢嘅名牌書包，扮自己都係有錢女，等去到聯校 party 就易啲混入富二代嘅圈子。終於畀佢恨到，識咗個醫生世家，住私

樓嘅 James，感情幾穩定，介紹埋父母畀 Anita 識。後來 James 帶埋 Anita 去上流社會嘅聚會，喺 James 行開去廁所嗰陣，佢一眼就吸到有個戴住綠水鬼嘅男人，主動搭訕，隨便夾吓波仔，就被邀請去下星期二嘅船 P。調轉頭，偷聽到另一個男人住緊康樂園獨立屋，Anita 又走去撩人哋，約佢下星期三喺酒店食 dinner。睇嚟 Anita 要準備多幾個 condom，以備不時之需。

　　唔少父母常以自己嘅失敗經歷作為教育仔女嘅借鑑，為免佢哋行番自己條舊路，減少佢哋犯錯嘅機會。Anita 老母就因為自己識咗個爛賭嘅人，自此就覺得搵男人一定要愈有錢愈好，咁先會生活開心，於是教 Anita 騎牛搵馬。其實父母教咩，唔代表佢要全單接收，佢都應該有判斷力去決定係唔係跟隨，所以佢嘅責任絕對唔比父母細。

- 證明自己依然有魅力

「我唔係老婆口中嘅冇人要,得佢要嘅肥佬。」——阿德

　　結咗婚 10 年,仔都生咗兩件,阿德未踏入 40 歲,啲頭髮經已開始變少,雙下巴愈來愈明顯。相反佢身邊嘅朋友唔係打網球打到身形勁 fit,就係有做健身嘅習慣,胸肌、腹肌好結實。望住自己個肚腩,阿德覺得自己好似個廢中,生活唔會再有咩變化,只係等退休。本來阿德同老婆已經變咗老夫老妻,好少床上活動,有次興起嚟一鋪,結果忍唔住「派報紙」,仲被老婆笑體力差咗好多,講足成個禮拜,令佢決心要改變,報咗一個月健身課程,每個禮拜去 4 日。因為阿德不斷健身,喺飲食上又做得好足,戒糖、鹽、油、少澱粉質、高蛋白質,唔使一個月已經減咗 30 磅,變番以前嘅風靡全校嘅男神,次次去健身房,啲女人都會行注目禮。去到今次,仲有兩個望落廿歲嘅鬼妹問阿德有冇興趣嚟場友誼賽,佢即刻磙飯應,嗰時佢先啖啖開發新宇宙。

　　經過歲月同工作嘅摧殘,好多人都會殘咗,加上一早已經有另一半,心安理得,更加冇意識要執正自己,最後外在條件變

差，吸引力大減。阿德被老婆講中咗要害，耿耿於懷，為咗證明自己依然有魅力，唔單止操 fit 自己，仲同唔少後生女做多人運動。

- 炫耀財力 提升成就感

"我爸爸是谁，你知道吗？有钱就有女人。"── Elvis

　　Elvis 老竇有黨背景，阿叔係連鎖超市老闆，老母嗰邊亦係大家族，喺北京有四合院，夾夾埋埋身家有成 18 億。由細到大，Elvis 想要溜冰，屋企就起個小型溜冰場；想學電單車，屋企花園就劃晒斑馬線畀佢練習，想要咩都實現到。大個咗，佢唔鍾意玩呢啲，鍾意玩真人，除咗搵咗個電視台姐仔做正印，仲揼幾十萬包起幾個網紅。為咗等正印接受到自己鍾意出軌嘅行為，Elvis 送咗兩幢別墅畀佢，又買好多限量版靴默士手袋畀佢，所以多年來佢次次出街都可以一拖 5，好有氣勢。

　　呢種人唔係天生鹹濕，只係典型花花公子、富二代、有錢女，從來唔認真看待愛情，只想證明只要有錢有權有勢，就會有好多人趨之若鶩，用嚟顯示自己幾勁，從而增加成就感。

04

點解對方唔分手仲要繼續出軌？

既然佢已經有種種原因想搵第二個，咁咪直接同嗰個人一齊囉，點解死都唔同你分手，仲要繼續隱瞞自己嘅所作所為，繼續做啲對你唔住嘅嘢？繼續睇吓呢班主人翁嘅真實個案，了解吓佢哋個心究竟諗緊咩。

- 覺得唔會識到好過你嘅人

「冇一個比得上我女朋友。」──Steven

唔少人覺得瘦底一定冇大波，如果有都係隆出嚟，不過 Jinny 就係少數天生麗質嘅例子，雖然佢唔係勁靚女，但身材超好，明

明四肢瘦到好似筷子咁，偏偏有對 32D 嘅奶，顯得條腰好幼。Jinny 好鍾意著低胸緊身衫，每次出街，旁人都會留下注目禮，同時對拖住佢嘅 Steven 報以羨慕妒忌悸死人嘅眼神。唔單止咁，Jinny 仲好順得 Steven 意，佢話去打機，Jinny 唔會阻住晒，會喺隔離默默做自己嘢；佢想同朋友飲酒，Jinny 亦都唔會狂 call 佢叫佢返嚟；佢凌晨想食宵夜，Jinny 即刻煮麵畀佢食，毫無怨言。一齊咗 7 年，真係話多唔多，話少唔少，雖然 Jinny 咁信佢，不過佢竟然濫用咗呢份信任。自從 Steven 買衫睇中咗個勁靚女嘅女店員 Yumi，見到人哋冇男朋友接放工，佢就成日食 lunch 嗰陣借睇衫為名識女仔。見多幾次面，Yumi 開始認得 Steven。Steven 幾大隻，少少混血，講嘢幾搞笑，氹到 Yumi 好開心，不過佢冇同 Yumi 坦白自己有女朋友。每次同 Jinny 拍拖，佢就呃 Yumi 陪老母飲茶；每次同 Yumi 出街，佢就同 Jinny 講係去見朋友。除咗 Jinny 同 Yumi，Steven 仲喺網上面另外識咗個炮友 Grace，佢玩開 SM 遊戲，每次都搞到 Steven 一晚射足幾次。雖然要應付幾個女仔係幾分身不暇，不過 Steven 覺得咁樣好正。

　　明明你對佢唔差，某啲地方依然吸引到佢，例如身材、樣貌、性格、床技等，點知佢同時又想得到第二個人，享受佢對自

己嘅好同新鮮感。不過佢唔蠢，知道就算點出軌，都搵唔到個好過你嘅人，所以一直唔捨得同你分手，寧願呃你呃足一世，貪圖你嘅溫暖，繼續一腳踏幾船，享齊人之福。

- 唔捨得同唔甘心放棄多年感情

「我想分手，但我哋已經一齊咗好耐。」── Alfred

身邊嘅朋友都以為大大隻、黑黑實實、沉默寡言嘅 Alfred 好多囡囡埋身，不過原來佢自從幾年前喺網上面識咗個女仔 Vinci，佢就好專一，一直同對方玩地下情。Vinci 屋企係開髮型屋，勁有錢，佢唔使擔心生活費之餘，仲有儲名牌袋嘅興趣。Alfred 好唔同，佢父母已經好大年紀，啱啱佢上大學，兩老就退休，所以佢要一邊返工賺錢幫自己交學費、畀家用養家，一邊返學。頭頭一齊幾年，Vinci 同 Alfred 感情都幾穩定，後來畢咗業問題就出嚟。先講 Alfred，佢讀大學已經返緊工，畢業後轉做正職就得，但人工兩萬，唔好話儲錢結婚，有一大半都要撐起頭家，好彩佢哋間公屋一早買咗先唔使交租。至於 Vinci 畢咗業之後以為阿爸阿媽都會畀錢佢使，點知一蚊都行畀，叫佢要學識自己搵錢。不

過 Vinci 慣咗用咁多錢，佢冇改變大使嘅習慣，依然狂買名牌，仲多次問 Alfred 借錢。其實 Alfred 自己都唔係幾掂，不過太錫女朋友，所以次次都借畀佢，直至佢想開舖頭，更加借咗 Alfred 成 10 萬蚊。Alfred 覺得好難做，佢戶口已經差唔多見底，同咗 Vinci 講過好多次，Vinci 都冇話為咗佢改變。佢覺得大家嘅價值觀愈來愈唔一樣，睇唔到佢哋嘅將來，唔知一齊仲有咩意思。後來，Alfred 識咗個女仔，佢好慳，同 Vinci 好唔一樣，本來佢想移情別戀，但佢唔想就咁分手。

一齊嘅時間愈長，經歷過嘅回憶就會愈多，投放嘅感情亦會愈重。呢個情況，就算大家之間出現咩難以解決嘅死症，佢都好難提出分手。最主要原因係你喺佢心中已經留咗個位置，佢唔捨得放棄咁多年感情；仲有係唔甘心，佢覺得喺你身上花咗咁多年嘅青春、心思，一旦同你斷絕關係就會咩都冇晒，好似之前嘅犧牲都係白費咁。咁所以即使佢已經搵到個更好嘅對象，佢都唔會輕易放棄你。

- 控制唔到慾望 博你唔知

「我唔講，佢唔會知我叫過雞。」──Chris

　　Chris 以前係個幾花心嘅男仔，身邊嘅女伴個個禮拜都唔同，一時係曬到小麥色，玲瓏浮突嘅；一時係白雪雪，成米 7 幾嘅，羨慕死人。全港好多地方佢都玩過晒，戲院、殘廁、山上面、工廈後樓梯……總之一想做，都會就地正法，好彩未被人影過。去到某年，呢個無腳嘅雀仔同咗 Rachel 一齊之後竟然變得生性，唔單止同之前啲女伴斷晒聯絡，甚至成日同 Rachel 拍拖去街，幫佢影相打卡，一轆 IG、臉書都會見到佢哋嘅閃照。以為佢哋好幸福，不過原來係假㗎！呢個 Chris 根本冇變過，之不過以前係明目張膽咁周圍玩，依家變咗私下做。佢話 Rachel 唔係唔好，但 Rachel 喺性方面滿足唔到佢，佢唔想因為咁就分手咁可惜，所以自己去搵其他方法滿足性需要，就係叫雞。佢仲話叫完雞沖涼，成日有浸好獨特嘅沐浴露味，一聞就知佢有嘢，次次同 Rachel 出街之前，佢都會返屋企沖多次涼，check 晒啲衫有冇長頭髮，咁耐以嚟都冇穿煲。

呢種人最仆街亦最難搞，唔好話你對佢好唔好，亦唔好講佢仲係唔係愛你，總之佢一定會扮到完美另一半，做足 100 分，等你同其他人冇懷疑嘅機會。但事實上，佢本性花心、鹹濕，就算同你感情極之穩定，佢都想識、想食第二個，諗住只要自己死都唔講，你永遠唔知，咁就可以一直玩落去。

- 唔想主動講分手做衰人

「唔可以由我把口講分手，我做唔出。」—— Zita

一齊咗 9 年，初初 Zita 同男朋友喺同一間廣告公司返工，好似糖黐豆咁，之後佢哋都對呢行厭倦咗，同時辭職同轉行。Zita 就忙於喺網上開舖賣手工蠟燭，星期六日仲要開班教人整蠟燭；佢男朋友就做保險公司，日日見客，追數做 MDRT。唔同以前一齊做廣告，佢哋都唔鍾意對方依家做緊嗰行，Zita 覺得保險呃人，佢男朋友就認為做手工生意搵唔到食，不過佢哋各自仍然堅持己見。兩個人見面時間少之又少，就算難得約到見面，佢哋因為唔知大家忙緊咩，工作範疇又好唔同，冇咩偈傾。雖然大家感情已經淡咗好多，但佢哋依然冇提出分手。慢慢 Zita 見到男朋友

感覺好陌生，反而對住其中一個學生 Jim 就覺得好溫暖。Jim 係個好鍾意笑嘅男仔，佢有兩個酒窩，笑得好甜，甜到 Zita 第一眼見到佢，就被佢吸引住。Zita 同 Jim 有共同興趣，好快就一齊咗。佢好想同男朋友分手，但係唔想做衰人，特登成日搵嘢嚟發脾氣，博對方先講分手。

其實你哋都知大家相處已經有唔少問題，慢慢疏遠，感情變淡，冇乜繼續一齊嘅意義。但佢就因為面子問題唔想講分手，仲玩手段，特登對你好衰，想激你。如果你忍唔到就最好，等你主動講分手，自己走，佢唔使做衰人之餘，仲有得做受害者，惹人可憐；如果你忍到，佢就繼續出軌，同你繼續拖落去，冇損失。

- 你太好人 唔想傷害你

「其實佢好好，係我仆街。」──Ocean

Water 做過新傳系嘅 O camp 組爸，第一次見到班組仔女，佢就覺得 Ocean 幾得意，聽到佢有男朋友，對佢更加關心，不過都未到鍾意嘅程度。去到 O camp 深夜談心嘅時間，個個都瞓

晒，得 Ocean 同 Water 未瞓，Water 除咗講吓大學嘅趣事、鬼故，都同佢分享咗自己被前度 hurt 嘅經歷。出 camp 後，佢哋就一齊咗，Water 對 Ocean 無微不至，又送啲筆記畀佢、教佢做 project、幫佢買早餐、打電話叫佢起身、去佢 hall 度幫佢執房，完全係 100 分男朋友。Ocean 同佢一齊好開心，好多嘢都唔使煩，身邊啲朋友仲話好羨慕佢。直到有次，有個男仔朋友失戀，想搵 Ocean 傾吓偈，就出咗事⋯⋯初初個男仔朋友眼淚鼻涕一齊流，係咁攬住 Ocean 話好唔開心。後尾佢突然拎咗支大酒出嚟，話想飲死佢算數，Ocean 怕佢真係會飲死，就同佢兩份分，結果飲飲吓兩個 high 大咗，玩除衫，玩到上埋床。嗰晚之後，個男仔朋友成日借啲意不斷搵 Ocean 上去佢間房，教佢彈結他，搞到佢好心動。不過佢諗起 Water 對佢太好，唔想坦白自己已經鍾意咗第二個，傷害 Water，竟然一方面繼續同佢拖手、錫、攬，勁癡纏，好似普通熱戀中嘅情侶咁；另外一方面就同嗰個男仔暗渡陳倉。

你完全冇問題，仲好好，問題係出自佢。佢因為種種原因鍾意咗第二個，但怕講分手會辜負你對佢嘅愛同付出，傷害咗曾經愛過嘅你，佢自己都唔會安樂。所以佢一路偷偷哋出軌，一路同你好甜蜜，好似雙面人咁，希望唔會有揭穿真相嘅一日。

- 怕你承受唔到會有情緒問題

「佢一定會睇唔開，我點還番個女畀人？」——Dick

　　Bonnie 屋企背景好複雜，自從佢老竇炒股輸咗成百萬，成個人唔同晒，日日好鍾意喺屋企 hea 同飲酒，一飲大咗就會打老婆發洩，搞到 Bonnie 阿媽又叫救命，又係咁喊。每次 Bonnie 都會嚇到匿喺房，狂喊又剝手，返學都唔敢識朋友。其實不時都有鄰居投訴，話聽到有人被打，亦有社工想上門介入，幫吓手，不過 Bonnie 媽唔想有咗個老公，於是一直啞忍，趕啲社工走。可能因為 Bonnie 阿媽只可以同 Bonnie 相依為命，講明唔畀佢拍拖，唔畀佢出街。但係一個女仔處於青春期，點都會對愛情有憧憬，所以 Bonnie 偷偷哋同咗阿 Ming 一齊。不過紙包唔住火，佢阿媽竟然喺佢瞓咗嗰陣解鎖佢手機，發現佢拍拖，發晒癲係咁用粗口鬧佢，反鎖佢房門，返學都唔畀佢去。阿 Ming 好明白 Bonnie 嘅壓力，叫佢 set 女仔名，校做私密對話，咁佢媽就發現唔到，但係 Bonnie 冇咁做，反而 block 咗阿 Ming 幾日。嗰幾日阿 Ming 好擔心 Bonnie，係咁打電話畀佢，到佢終於聽電話，竟然係咁鬧阿 Ming 搞到佢哋母女關係變咗，佢好大壓力。跟住落嚟嗰個月，

　　　　　　　　　　　　　有些愛　原來堅不可摧

Bonnie 都唔係好覆阿 Ming，阿 Ming 頂唔順，覺得做男朋友做得好委屈，搵咗另一個女仔呻。呻吓呻吓，兩個傾出感情，但阿 Ming 好驚同 Bonnie 講分手，佢會接受唔到……

父母嘅行為對於小朋友成長有好大影響，假如父母只係識辱罵、虐打，將不滿發洩喺小朋友身上，唔單止搞到小朋友有心理陰影，長大後仲會出現唔同程度嘅情緒問題。可能學咗父母嘅行為，變得暴戾狂躁，容易惹怒；可能因為壓力令自尊心受挫，變得自卑、抑鬱、焦慮；甚至可能因為咁而有人格分裂或創傷後遺症。好似 Bonnie 咁，雖然自小已經目睹家庭暴力，加上被阿媽嚴厲管教，心理長期緊張，收埋自己，不過依然好錫阿媽。其實錫阿媽唔係問題，問題就出於 Bonnie 冇過濾過阿媽嘅無理要求，唔理自己感受，一味死忍，將壓力轉移喺阿 Ming 身上。阿 Ming 一方面覺得做男朋友做得好卑微，承受唔到咁大壓力，另一方面知道 Bonnie 得自己一個朋友，想分手都驚對方會崩潰，兩頭唔到岸。

就算冇家庭問題，因為工作、學業壓力累積下搞到性格偏激都係一樣情況。無論佢會唔會遷就你都好，只要你依然會搵佢

發洩，咁施加落佢度嘅壓力都唔會減少。而且你嘅情緒問題，對佢嚟講仲係種無形嘅威脅，怕講分手你會接受唔到，唔知有咩後果，所以佢選擇出軌，希望等你自己解決。

- 唔想為第三者破壞家庭

「我只係逢場作興，老婆同個女先最重要。」── Alex

　　Alex 同老婆 Queenie 結咗婚 8 年，個女都已經 7 歲。因為佢哋啱啱結婚嗰陣儲嘅錢唔多，畀唔到好多首期，只係買到 291 呎嘅單位，所以間屋只係間到一個房，個女要同佢哋一齊瞓，變相夜晚冇得閂埋房門搞嘢。為免幫個女上真人性教育堂，Alex 同 Queenie 只可以旅行嗰陣先搞到，不過旅行要去唔同景點，又要 shopping，行足全日都幾劫，搞到 5 日 4 夜旅行，搞嘢次數得嗰 2、3 次。仲有，一年可以去幾多次旅行？真係幾百萬未開頭？成日要麻煩奶奶照顧住個女，兩父婆自己去玩唔使湊？計計埋埋，Alex 同 Queenie 成年行房次數 10 隻手指數得晒。俗語都有話，男人 40 一支花，呢個年紀無論男人味、滄桑感同經濟能力都有，特別得到女仔嘅好感同崇拜。好似 Alex 咁，每次去酒吧都會見個

小店員 Ceci 喺佢面前有意無意烏低身，露出小乳溝。Alex 血氣方剛，忍唔住咁嘅挑逗，於是同佢搞上咗一排，間唔中開吓房，有幾次試過唔用套就射咗，佢事後都有食藥。最近 Ceci 密咗搵 Alex，話掛住佢，又約佢出街拍拖，似乎沉咗船。不過 Alex 特登唔覆，只係搞嘢先會搵佢。

好嘅方面諗，已經成為人妻或人父嘅佢知道一段婚姻得來不易，有少少拗撬、不合都唔應該咁易講離婚，你喺佢心目中仲有一定地位。如果你同佢已經有小朋友，花咗唔少心機、時間同錢，佢更加唔會為咗第三者去破壞辛苦建立嘅家庭，令小朋友喺唔健康嘅單親家庭下成長。壞嘅方面諗，佢只係怕搞離婚好麻煩，同雙方家庭交代、共同投資嘅分配、爭小朋友撫養權等，喺咁多掣肘下，佢寧願保持夫婦名份，都唔想搞大壇嘢。所以有錯佢係忍唔到一時誘惑，同其他人發生關係，不過佢將性同愛分得好清楚，好明白自己只係逢場作興，唔會同第三者分享太多自己嘅嘢，唔會同佢有感情，唔會同佢玩認真。即使佢氹第三者會離婚，都只係隨口講講，由頭到尾只希望同佢一直停留喺性伴侶嘅關係。

- 怕你會鬧同打去報復佢

「佢知道我鍾意第二個,一定會打我。」—— Yanny

Terry 表面上係個幾斯文嘅文青男,對其他人好友善、寬容,又成日笑,係好多朋友嘅人。不過佢私下脾氣原來幾大,特別對住蠢蠢哋嘅 Yanny,成日鬧佢日常生活同做嘢做得唔好:「乜你連呢啲都唔識?」、「你有冇帶腦㗎,我咪講過畀你聽囉!」、「我講嘅嘢有幾難?點解你咁都唔明?」、「冇咗我,你可以做到咩?」、「問問問,你自己睇啦,唔好吓吓叫我教」,講到 Yanny 冇咗佢就係廢柴咁。時間耐咗,Yanny 都以為自己係廢柴,好自卑,Terry 話一,佢唔會話二。為咗逃避被 Terry 鬧嘅機會,Yanny 放工報咗拉丁舞堂,畀自己抖吓氣。堂上面,跳舞老師 Nelson 捉住 Yanny 隻手指導佢,不斷讚佢有天份,跳得好好,Yanny 開始有番自信心。往後嘅課堂,Yanny 都會叫 Nelson 放學留低幾分鐘,叫佢睇吓自己嘅動作有冇問題,有時留夜咗,就會一齊食飯。喺 Nelson 身上,Yanny 搵到屬於自己嘅價值,不過佢好驚畀 Terry 知道咗,後果不堪設想,只好一直隱瞞。

有些愛 原來堅不可摧

佢覺得你脾氣大，食住佢，你哋嘅關係唔係咁平等，佢驚到連分手都唔敢講，怕被你打、鬧，甚至做唔知咩行為去報復。當佢喺其他人身上搵到自己嘅價值，覺得另一個對象更適合自己，就會選擇背叛你。

- 驚影響共同生活圈子

「唔可以被人知我哋散，我會冇吃一堆朋友。」──Zac

Zac 同 Vanessa 中學係同一個朋友圈子，因為日久生情一齊吃。佢哋人前人後都 sweet 到暈，又叫對方做 BB，去邊都十指緊扣。上到大學，佢哋同樣係輔心系，仲要上埋一班，一齊住 hall，啲朋友都係同一班。喺大家眼中，佢哋就係迪迪尼嘅王子同公主，好似童話故事咁，可以快樂幸福咁生活落去。但係原來現實正正相反，Zac 一早已經唔滿意 Vanessa 多次逼婚，成日鬧交，而 Vanessa 都冇退讓過半步，覺得 Zac 冇責任心，由頭到尾冇承諾過啲咩，好冇安全感。咁多次鬧交，Vanessa 都會同身邊嘅朋友呻，幾乎每次啲朋友都係撐 Vanessa，叫 Zac 好快啲畀個名份佢。Zac 其實唔係唔想結婚，不過佢想睇清楚呢個女仔，想知

道佢係唔係最合適一齊走下半生嗰個，所以先畀人感覺一直拖人時間啫。之後 Zac 識到個女仔，佢發現對方同自己好夾，夾到令佢有想娶佢嘅想法。呢刻，佢知道自己應該同 Vanessa 講真相，不過佢好怕咁做，中學大學朋友都會一次過同佢絕交。

佢同你有共同朋友圈或者喺同一間公司返工，大家一齊相處咗唔短時間，建立咗深厚友誼。當你哋有日撻著，嗰啲朋友、同事實會為你哋開心，成日造就機會畀你哋拍拖；但當你哋感情差咗，想分手，喺班朋友、同事面前面左左，佢喺度，你就唔去聚會，你喺度，佢就唔去聚會，有冇諗過幾尷尬？而且發生呢啲情況，掌背係肉，掌心又係肉，咁班朋友、同事應該幫邊個手？幫中一邊講好說話，係唔係就代表會同另一邊疏遠咗，甚至絕交？佢就係為免發生呢個情況，怕移情別戀被朋友、同事憎恨、針對，失去咁難得嘅友誼，於是遲遲都唔想同你分手，扮冇嘢，私下再搵第二個算。

- 佢屋企人好鍾意你

「我媽當咗佢係新抱，想分手實被我媽斬死。」—— Hugo

　　Hugo 嘅老母有啲痲煩，性格奄尖刻薄，佢怕女朋友 Crystal 頂唔順，所以去到拍拖第 3 年先同老母介紹佢。點知 Crystal 原來好識人情細故，一見面就送成盒花膠畀伯母，仲讚佢啲皮膚原來好似花膠咁滑，早知買第二啲嘢，氹到伯母笑到見牙唔見眼。未開飯，Crystal 又衝入廚房幫手舀飯、拎餸，仲要狂讚佢廚勢了得，問佢可唔可以教自己。除此之外，Crystal 仲準備咗啲護膚品畀 Hugo 家姐，佢哋即刻狂傾化妝嘢、女人嘢，啱嘴型到一個點。自此，Hugo 老母、家姐成日問 Crystal 返唔返嚟食飯，佢返嚟就買海蝦、蠔、帶子、蟹，勁豪華，相比之下平時 Hugo 只係食青菜白飯，都唔知邊個先係親生。本來 Hugo 都仲覺得自己屋企咁惡頂，Crystal 咁易融入佢家中係件好事，不過佢冇預料到大家會有冷戰，甚至去到鬧分手嘅一日。Crystal 將件事嘅來龍去脈同咗 Hugo 家姐講，佢家姐即刻打電話炮轟 Hugo，最尾連 Hugo 老母都知，等到佢返到屋企就係咁哦佢。Hugo 廢事煩，就話冇事，唔會分手，耳根先有清靜嘅時候。不過對住 Crystal，Hugo

扮唔出仲鍾意佢嘅樣，為免屋企人再煩，佢惟有繼續保持情侶關係……但默默搵新對象。

明明打老爺奶奶、外父外母牌好難，唔少人都覺得兩代太多代溝，溝通唔到，偏偏你勁到連佢屋企人都好鍾意你，甚至當正你係親生一樣，有咩都幫住你。當佢唔再愛你，你哋分手實會引起全家人一齊討伐佢。為咗可以擺脫你，佢表面上同你好親密，但私下已經收埋咗個第三者。

- 覺得同你仲有彎轉

「可能我哋段感情仲有得救……」—— Maggie

Maggie 今年 22 歲，佢喺公司識到個老闆 Charles，大佢 21 年，同 2386 個零、港姐冠軍一樣，佢哋年齡雖然相差好遠，但 Charles keep 得幾好，外表睇上去唔係好大分別，都一齊咗成年。Charles 從來唔會同 Maggie 講大話，做咩都會清楚交代，好有安全感。呢排 Charles 同客交涉上有啲問題，明明係個客多多要求，改完又改，但就調轉話係 Maggie 唔夠能力。問題出自客身

上，Maggie 係負責呢個項目嘅人，身為老闆嘅 Charles 冇保護佢不特止，仲當眾喺同事面前鬧佢搞亂晒成件事。之後 Charles 就算私下對住 Maggie 都係副嚴肅樣，佢哋好少出街拍拖，大多數都佢 Charles call 車叫 Maggie 上佢屋企搞嘢為主。Maggie 唔知道係唔係自己太小朋友，覺得拍拖應該要行街食飯睇戲，愈諗愈唔開心，打咗段千字文畀 Charles，希望佢哋段感情有所改善。可惜，Charles 真係唔明，佢覺得依家咁幾舒服，拒絕改變。大家代溝問題開始浮現，Maggie 唔知應該再點傾落去。或者因為對呢段關係太無助，Maggie 開始嘗試抽身，等自己冇咁在意。喺呢個時候，竟然被佢發現有個男同事成日偷偷望住自己……佢覺得或者嗰個人係上天派嚟畀自己可以寄托嘅救生圈，所以一邊同呢個男同事互 flirt，一邊繼續等 Charles，望佢可以自動自覺對呢段感情上心啲。

你哋一係鬧交當食生菜，一係冇乜火花，但就算有咩問題，佢內心都好想繼續同你一齊，唔想放棄，覺得呢段感情係可能會有結果。不過要兩個走遠咗嘅人拉番埋一齊唔係咁易㗎葉師傅，當中要經歷好多次磨合，甚至讓步。呢個時候如果心唔夠定，覺得劫，好容易會被其他人吸引。

以為白頭到老的枕邊人

原來是最熟悉的陌生人

不要把自己的快樂

交托到別人手上

要愛一個人不難

難在忘記一個人

過去的歲月
真的可以用餘生去原諒嗎？

這世界不是沒有人關心你

而是你只在乎他一人

他就像掉到屎上的錢

不撿可惜 撿了噁心

永遠在一起的永遠是短暫瞬間

永遠忘不了的永遠是生生世世

任何人都懂克制

性慾不是出軌的藉口

Chapter 2 /

第二章節

背叛跡象

The Traces
of Betrayal

翻開報紙，成日見到唔係某某背住男朋友，同有婦之夫喺的士上面又摸又攬又錫；就係某某表面上扮專一男，私下愛亂搞男女關係；又或者某某唔理老婆，去同索女上山幽會食蛋糕⋯⋯你以為娛樂圈係大染缸先會咁？其實只不過因為有記者跟蹤啲明星，再圖文並茂放上 C1，你先會以為特別多人出軌。事實上喺你身邊大把人都試過，或者正在出軌，甚至連你另一半都瞞住你，做緊同樣嘅事。如果你呢刻已經懷疑緊另一半，定係想早日預防，呢部分都好啱你睇。

不過先戴番個頭盔，以下行為只係畀你懷疑，絕對唔能夠肯定佢背叛咗你。捉賊要拿贓，要知道佢有冇對唔住你，最好搵到實質證據啦。

01
點樣從行為上知道佢背叛你？

- 有好多新活動 成日唔見人

「呢排佢成日都話要加班，明明佢份工都唔係咁忙。」—— Victoria

咁耐以嚟佢都會準時收工，而呢排公司冇升職加薪，冇調動人手，亦冇大 project 要佢跟，但佢有啦啦成日話要留喺公司加班，好夜先返，甚至突然去出差？再加上佢份人明明好驚蝕底，係個出幾多錢糧，就會做幾多嘢，唔會做多畀公司嗰種人？咁你要小心喇，好有可疑，因為呢個藉口係 10 個出軌嘅人 9 個都會用。加班同出差可以發生好多嘢，前者令佢有機會留喺公司同同事用汗水交融嘅方式促進關係，後者更加危險，分分鐘同第

三者去旅行㗎呀。想知佢有冇咁樣做，你必須提高警覺，可以以送嘢畀驚喜嘅名義，突然等佢收工，一來能夠睇到佢係唔係乖乖哋加班，定係約咗第二個喺唔知邊度鬼混；二來你有啲原因去突襲，佢先唔會懷疑你係懷疑緊佢。至於檢查佢係唔係真係出差，惟一辦法係睇佢車票，同埋問佢比較熟嘅同事，記住唔使同佢同事透露你懷疑佢。

- 異常緊張部電話

「有次我唔小心拎咗佢電話幾秒，佢係咁鬧我。」——Candy

電話能夠收埋好多秘密，假如佢有出軌，佢可以利用電話喺你見唔到嘅時候偷偷哋同第三者傾 phone sex、私 chat、互 send 鹹相，亦可以收埋同第三者嘅親密合照，所以佢一定好緊張同保護部電話，怕畀你揭穿佢嘅秘密。如果佢去廁所都會帶埋電話、電話正面朝下、唔畀你吸到佢電話個 mon、突然改解鎖電話密碼、同你見面就會熄電話⋯⋯真係好有可疑。最明顯係佢會以尊重佢私隱，大家之間要有信任嘅大前題下，唔畀你掟到佢電話，你掟一吓都會大發雷霆。不過當佢突然有日興起，大方畀你睇，

證明自己清白又唔得喎！佢之前死都唔畀，依家又畀，即係對佢不利嘅證據已經刪除得一乾二淨，你拎到呢部電話都唔會發現到啲咩，好安全。

- 刪晒歷史紀錄同相

「佢個瀏覽紀錄好乾淨，連一個網頁都冇。」—— Martin

　　有嘢唔得，冇嘢搵到都唔得？梗係唔得啦，你有睇開懸疑查案片就明，通常啲兇手有預謀殺人，都會戴上手套，避免喺兇器同現場環境留下痕跡，故意製造死者自殺嘅場景。當兇手係冇預謀下殺人，佢都會用布 乾淨掂過地方， 走上面嘅指紋，亦會用漂白水洗清地下血跡，當咩事都冇發生過，喺呢段時間著草。出軌嘅人同殺人犯嘅心理一樣，驚畀你發現佢背後收埋咁多嘢，所以一次過清晒啲網上歷史紀錄、利用社交媒體傾偈嘅紀錄、通話紀錄、相，誰不知，咁乾淨先顯得佢異常。

- 故意避開同你身體接觸

「我哋好耐冇咩嘢⋯⋯我主動想，佢都推開我。」——Tony

你哋一直都有健康、固定次數嘅性生活，但突然間你哋搞嘢嘅次數大大減少，佢冇要求過，而你用咩方式主動撩佢，都激唔起佢嘅熱情，佢仲會發脾氣將你推開，叫你唔好煩佢。就算佢終於應承，你都感覺到佢毫不投入，好似死魚咁，性器官一啲興奮嘅反應都冇，**咁係唔係代表佢出面有第二個？原因有兩個：**

1. 可能佢同你提過呢排公司好多嘢做，花咗佢好多精力，所以返到屋企好攰，攰到想即刻爭取時間瞓覺，咁你唔好怪佢喇，畀啲時間佢抖吓啦。

2. 佢真係喺出面搵到個炮友，食到飽晒，返到嚟自然冇心力同你再搞啦。即使有力再搞，出面嗰個身材比你好，每次令佢慾火焚身；相反佢對你嘅身體太熟悉，冇咗熱情，只有沉悶嘅感覺，寧願唔搞。

- 突然轉形象 注意打扮

「呢排佢行啦啦 gel 甲、著高踭鞋、參加脫毛療程……」── Paul

女嘅話好易睇，以前佢鼻毛、手毛、腳毛、胳肋底毛都有齊，唔鍾意化妝，求其 T-shirt 短褲就可以出街。但呢排佢突然學化妝，買靚衫，追求名牌，成個人唔同晒，但最奇怪係佢唔係同你出街先咁，而係返工或者同朋友去街先是特別打扮。男嘅話就係以前不修邊幅，衣櫃得嗰幾件衫，踢拖就可以落街，個頭好似打完風咁，人哋仲以為佢係豬肉佬。但近排明明有重要場合，佢忽然間留意潮牌，睇 MeTube 跟住學健身，日日操，練到腹肌、二頭肌、胸肌齊晒，佢話想睇落靚仔啲喎。呢啲人都有個共同點，就係本身唔太著重打扮，你同佢講過，佢就話有你要佢，佢唔使扮得咁靚。直到某日開始，佢行啦啦想以新造型示人，擺明唔係為咗你而變啦，你之前同佢講過佢都冇反應嘅，咁佢係為咗邊個？可能佢識咗第二個，想將最靚一面展現畀對方睇，小心啲佢嘅行蹤呀。

- 身邊有個異性朋友跟出跟入

「我太大意，以為佢哋只係朋友。」── Claire

　　唔好忽略佢身邊嘅異性朋友，除非佢哋係由讀書期間開始識，識咗好耐，否則你都應該留意。因為有啲人好醒目，一開始唔會表露愛羨之情，反而係混熟咗先，做好朋友拉近距離，咁先可以成日有相處機會，再睇準時機食咗你另一半。呢啲人有咩特徵？

　　1. 喺人哋面前係勁老實、純品，傻傻哋，望落好乖，好討人喜歡。

　　2. 有好多異性閨蜜，以兄妹相稱，來者不拒。

　　3. 鍾意扮到好慘，話自己係情場失敗者，傷痕屢屢，想人安慰。

　　4. 成日借啲意同人有身體接觸。如果佢身邊有啲咁嘅人，你要幫佢小心，嗰個人好有可能係好有機心嘅姣婆或者狗公。

　　　　　　　　　　　　有些愛　原來堅不可摧

- 對你冇啦啦勁豪爽

「之前想去餐廳，佢都話貴唔食，依家竟然主動話去食法國菜。」—— Trista

以前無論係紀念日、你生日，佢都唔會同你去食餐廳，200蚊埋單都會話好貴，唔捨得，莫講話送禮物，連情人節、聖誕節都唔會同你出街慶祝，話唔鍾意咁多人。不過依家唔使你提出，佢竟然主動帶你去貴餐廳，唔貴唔點，你有猶豫，佢反而叫你放心叫，開心就得。你以為佢終於開竅？非也，反而好有可能係兩個原因促使。

1. 佢真係發咗達，背住你買咗股票、中六合彩、中獎、屋企人死咗有一大筆遺產，否則一個咁慳嘅人係唔會冇啦啦變豪爽，調返轉就有。

2. 佢出面爽完，見到你覺得有內疚感，想對你好啲補償番畀你。

- 心不在焉 成日撳電話

「佢都唔留意我嘅，成日 hea 我。」—— Rainbow

　　佢呢排冇咩嘢忙緊，唔係好大壓力，前一晚亦好早瞓，但當佢同你出街，個人好似遊魂咁，心不在焉。例如你同佢講嘢，分享日常大小事，或者有啲嘢想問佢意見，佢一係就發吓逗，要你叫佢個名幾次佢先應到你，一係就撳電話唔理你。你食嘢整污糟咗件衫，佢都完全冇反應，冇話要遞紙巾幫你手；你哋去主題樂園玩機動遊戲，佢完全冇表情，提唔起勁；你由長髮及腰，剪到膊頭上面，佢都完全察覺唔到等等。佢做到咁 hea，何止唔尊重你，仲冇放你在眼內，唔知個心會唔會係掛住第二個呢？當然你嘅改變最好係明顯啲啦，唔好話咩點解搣咗鼻毛、換咗 color con、修咗眉、剪咗指甲呢啲搵鬼發現到咩！連你老竇老母時時刻刻對住你都唔知啦。

　　　　　　　　　　　　　有些愛　原來堅不可摧

- 唔再緊張你 為你呷醋

「佢見到我喺街被幾個男仔圍住，都冇想幫我嘅意欲。」—— Ruby

　　本來以前嘅佢會放你喺第一位，時時刻刻睇實你，好驚你被啲狂蜂浪蝶搶走。唔單止要你同啲異性朋友保持距離，仲成日問你喺邊，送你返屋企，想確保你安全。但當佢對你淡咗，識咗第二個，佢嘅注意力同關愛畀咗人哋，對你自然冇咁在意同緊張。就算你同身材好好嘅異性單獨出街，佢都唔會再追問同阻止，期間連一個電話都冇打嚟，咁似乎你喺佢心目中已經係 nothing。

- 冇公開過你哋嘅關係

「佢朋友完全唔知佢識咗男朋友，仲係咁話想介紹男仔畀佢識。」—— Ronald

　　首先要問你一個問題，佢係唔係明星？係明星，可能受到公司簽約規條嘅限制，唔可以拍拖，但佢又拍咗拖喎，咪唔可以畀人知囉，即係好似日本 48 人女團有「戀愛禁令」咁。又或者佢

公司其實冇限制，只係佢驚公開咗有另一半，啲粉絲對佢冇晒幻想，少咗人支持佢，好似 X 尊老婆咁，忍辱負重咗好多年。如果你另一半唔係明星，又唔願意向身邊嘅人介紹你，會唔會係有苦衷？可能係你哋只係學生，公開咗會驚動老師，拆散你哋；可能係佢屋企人唔准佢拍拖……咁你要體諒吓佢喇。不過，連呢啲原因都唔係，咁佢擺明係個唔多尊重你嘅人啦，咁委屈，邊有人想做秘密情人呀？定係佢驚講咗自己有男女朋友，阻住佢背住你搵食呢？

- 唔放同你嘅合照上網

「唉，拍咗拖兩年，佢都唔肯放我同佢嘅合照上 IG……」
——Emily

　　睇吓佢平時係唔係咁低調，係唔係完全唔玩 IG、臉書。如果佢不嬲都冇玩開，唔單止你，連佢同同事、朋友聚會完，影咗相都冇放網，好明顯佢想保留番啲私隱。好正常啫，唔係個個都鍾意咩都話晒畀人知㗎。但如果唔係，佢好鍾意更新 IG story 㗎喎，食啲咩、睇咩書、同咩人出過街都會擺上網，淨係唔公開你

個樣……咁有三個原因。

1. 佢覺得同你嘅感情未算穩定，唔想咁快擺合照上去，廢事有啲閒雜人評論，影響你哋。唔知佢係唔係呢個原因，你可以問吓佢朋友，睇吓佢同啲前度拍咗幾拖先放合照上，如果拍得好長時間先公開，咁你可以放心。

2. 你樣衰，佢係好愛你嘅，但佢驚放上網被啲口臭朋友笑，咪唔放囉。你可以問佢拎前度嘅相睇吓，如果鬼火咁靚，咁你知點解啦。

3. 上面嗰兩個原因都唔係，咁你可以肯定佢係扮冇另一半，騎牛搵馬。

- 懷疑佢 佢會好大反應

「佢嘅行為、眼神好奇怪，好似有嘢瞞住我咁。」——Marcus

「平生不作虧心事，夜半敲門也不驚」，佢係對你坦誠，冇收埋啲咩秘密嘅，就正正常常，但如果佢舉動反常，例如好易被你嚇親、講嘢窒晒口、眼神閃閃縮縮，甚至迴避你嘅目光，咁你要留意佢多啲，佢似乎心懷鬼胎。如果當你指出佢呢啲變化想笑佢，明明從來冇提到出軌兩個字，佢都好大反應，鬧你多疑，唔信佢，有可能係佢心虛嘅表現。

- 喺佢身上搵到唔屬於你嘅嘢

「我喺佢身上聞到一隻女人香水味。」——Irene

你有冇喺佢大褸搵到唔係你用開嘅唇膏？喺佢衫領見到有唇膏跡？喺佢身上聞到有陌生嘅香水味？喺佢裇衫裡面搵到唔屬於你嘅黑色長頭髮，但明明你係啡色短髮。呢啲咁明顯嘅徵兆，都唔使特別提，直接問佢啦。

　　　　　　　　有些愛　原來堅不可摧

02
點樣從言語上知道佢背叛你？

- 佢好小事都會鬧爆你

「唔知點解呢排佢好暴躁，好似我做乜佢都唔順眼咁。」

—— Phoebe

　　你做咩，喺佢眼中都係篤眼篤鼻，充滿嫌棄，成日發忟憎鬧你，總之對住你就脾氣暴躁。佢甚至雞蛋裡挑骨頭，將你缺點無限放大，講到好嚴重，搞到大家不斷鬧交，好唔開心。其實呢個時候佢已經對你生厭，好大機會想離開你，但又唔想做衰人，所以特登傷害你，想逼到你頂唔順講分手，等佢有得快啲同第二個一齊。

- 成日有意無意提起嗰個人

「本身我都冇留意，但佢真係瘋狂講起嗰個人。」──Matthew

其實好明顯，一開始佢去到新環境，識咗新嘅朋友可能會提多啲，好正常，但唔會好針對一個人講囉。如果佢次次只係講起嗰個人，做咩都會牽連到佢，例如話：「原來佢喺大學係讀英文系㗎，同我一樣」、「佢都話呢隻雪糕好好食」、「我買啲薯片返去先，佢話過好鍾意食」、「我唔可以剪短頭髮㗎，佢講過好柒」等等，仲愈講愈興奮，咁佢擺明係對人有好感啦，分分鐘去到精神出軌㗎喇。如果佢對嗰個人冇興趣？佢提都唔想提呀。

- 忽然好熟似前冇接觸嘅話題

「佢明明連籮肚臍同 Channel 都唔識分，依家竟然熟過我？」──Sophia

假如佢唔係想轉行，亦冇新興趣，但係突然對從來冇接觸過，亦同佢冇咩關連嘅範疇好有興趣，咁就有啲奇怪。就好似一個女人冇車牌，不過呢排竟然講得出唔同車嘅馬力、扭力、引擎

呢啲嘢，連男人都未必知。又好似一個男人冇買過名牌手袋畀女朋友，偏偏最近可以分到 Flag Bag、Coco、WOC 嘅樣，仲講得出二手市場嘅價。呢啲情況太奇怪，一係佢就係喺同事口中認識到，一係就係佢嘅第三者話畀佢聽，教過佢。

- 同你傾偈嘅次數大減

「我哋一日一句起，兩句止。」——Christian

你哋唔係忙，但唔知點解就係冇咩傾偈，就算你 send 啲搞笑片畀佢睇，想開吓話題，佢都只係 send 個濕 9 表情符號畀你，敷衍你。問佢多啲關於佢嘅嘢，了解佢依家做緊乜，佢一係就隔咗幾個鐘先覆得嗰一句，唔係就離譜啲，已讀不回。你打電話畀佢，佢次次都唔聽或者 cut 線。不過當你同佢講完 Goodnight，你以為佢真係會瞓嘅時候，凌晨 3 點幾仲見到佢上線中，你估吓係唔係老闆叫佢起身屙夜尿啊嗱？

- 好多藉口拒絕同你出街

「次次話出街，佢都會用唔同理由拒絕我。」——Jacky

　　如果佢不嬲都鍾意留喺屋企，唔鍾意出街，咁佢唔想出門口都冇問題。但如果佢以前成日帶你周圍去食好嘢、行街，依家變晒，明明前一晚冇嘢忙緊，但只要你想同佢拍拖，佢就用眼瞓、好劫、太陽好勁怕曬黑、好熱唔想出汗等嚟做藉口，總之唔會出去；反而佢朋友叫佢出，佢諗都唔諗就應約，咁佢擺明有問題，最合理嘅解釋就係佢個心一早已經唔喺你度，只想同第二個出街，唔係同你。

- 佢朋友搵你講啲奇怪嘢

「佢有個 fd 唔知點解特登搵我，話叫有咩可以搵佢。」——Bosco

　　可能佢朋友知道佢出軌，佢就叫朋友扮睇唔到，唔好揭穿踢爆，咁佢朋友自然唔會出賣佢啦，但又過唔到心嗰關，覺得對你好似好衰。所以佢朋友明明之前完全冇搵過你，一搵你就私

下搵，仲要講啲奇奇怪怪嘅說話，提醒你要小心啲，有咩可以搵佢，但係欲言又止，希望你自己及早發現佢背叛緊你。

他覺得浪漫不羈是本性

你覺得情深專一是基本

他和她之間

從來沒有考慮過你

你以為得到完美的另一半

其實是他完美地把你蒙在鼓裡

只要看一次他出軌的畫面

就會在腦海揮之不去

他說

不是外遇

只是巧遇

得不到的愛不是最傷心
已失去的愛才是真正虐心

無論幾多年

狗見到你還是很興奮

他連狗都不如

謝謝他的絕情

讓你學會死心

Chapter 3 /

第三章節

正確心態　面對被背叛嘅

The Right Mindset to Face Betrayal

01
自欺欺人唔要得

冇人會估到另一半背叛自己，萬一真係遇到，好多人都會表現得手足無措、無法接受。可惜件事發生咗就係發生咗，改變唔到，你只可以面對，拎證據出嚟同佢對質。

雖然話就話愛一個人要包容佢，不過都要睇咩時候囉！佢已經咁對你，憑咩佢做錯，你要默默啞忍？唔好咁天真，以為覺得你大量啲，隻眼開，隻眼閉，不聞不問，唔理佢，佢就自己突然醒覺同改過，回歸你嘅懷抱呀。就好似學生喺考試嗰陣偷偷哋出貓，老師明明瞄到佢抄緊，但冇罰，仲要扮睇唔到，掂行掂過。有咁筍嘅機會，比著你下次都會再出貓啦，點都唔會突然間良心發現，痛心疾首咁自責：「唉我真係一個大仆街，為咗有好分數就

咁做，老師想畀個改過自新嘅機會我，我唔應該辜負佢！」啐！

有第一次就會有第二次，你嘅裝聾作啞會變咗佢嘅幫兇，默許佢繼續咁做。如果佢知你知道佢出軌都冇踢爆佢，反而會覺得自己冇做錯，玩得仲勁，變本加厲，不斷挑戰你底線，令你喺呢段關係上毫無地位。

唔想去到呢個地步，咁就要麻煩你要勇敢面對自己嘅內心，調整心態，再拆穿佢嘅假面具。

- 唔好只相信想像中嘅佢

「佢唔會講大話，呢啲事唔會發生喺我身上。」—— Amy

Amy 係一個好幸福嘅家庭長大，爸爸媽媽結咗婚成 28 年都恩愛如初，依然會叫大家做 BB，每晚都會齊齊入房鎖門，成個鐘先返出嚟，每次要出街之前仲會嚟個 goodbye kiss，放閃放到冇當 Amy 在眼內。Amy 一直覺得夫婦應該係咁，到佢搵到做紀律部隊嘅 Kenny 做男朋友，見到佢為人真誠、熱情、多嘢講，同爸

爸一樣，Amy 好快就認定佢就係自己未來嘅老公。果然，佢哋結成夫婦，一開始嘅新婚生活的確好開心，Kenny 日頭返工賺錢，夜晚返屋企陪 Amy 煲劇，日日如是。Kenny 唔會食煙、飲酒、賭錢，去邊都好有交帶，見到 Amy 做家務做到腰酸背痛，會主動幫佢按摩，每逢到紀念日、生日都會 book 海景餐廳同 Amy 奢華慶祝，就咁睇，呢個男人好似冇缺點咁，係個好好先生。直到 Amy 有日執房，見到原本擺喺 Kenny 櫃桶裡面嘅 condom 少咗 8 個，計番佢哋啱啱買完到依家，只係做過 4 次，咁其餘 4 個去咗邊？Amy 心裡面一寒，唔敢再諗，唔敢打開嗰個潘朵拉的盒子。

隨機喺街上問 10 個人，9 個人都唔相信另一半會背叛自己，呢度可以涉及兩種情況：

第一種情況係你真係唔信佢會背叛你，覺得係自己誤會咗佢。

1. 你高估自己喇，自以為識咗嗰短短時間就好了解佢，佢伸出條尾你就知佢做咩，一切喺你眼前都無所遁形，佢絕對唔會有講大話嘅空間。問題係，當佢有心要隱瞞一啲嘢，唔畀你知，對住你係呢個樣，對住人哋又係第二個樣，你唔會知真正嗰個佢係

　　　　　　　　　　　　有些愛　原來堅不可摧

點。佢攞到你信任之後，先再慢慢露出真本性都未遲。真正認識一個人需要好長好長時間，想保險啲，就要花更長時間先好放下心防。

2. 你真係覺得對方好好，唔認為一個咁愛自己、關心自己嘅人會突然性情大變，識講大話，仲變咗心。不過身邊嘅佢對你再好，會接你收工、會買啲你鍾意食嘅嘢，攰到乜咁都會陪你行街、會凌晨落樓聽你呻，都唔代表佢唔會犯錯，兩樣嘢係冇矛盾。佢可以對你好，但同時對另一個人好，係咪？當一個游泳好手都可以浸死，真係冇嘢冇可能。

3. 你本性善良、單純，從來未試過被人背叛，覺得愛情就係從一而終，唔會做啲對唔住大家嘅事，要相信彼此，以為佢都係咁。所以由你決定咗一定要信佢嗰刻起，你對佢所有行為深信不疑，怕錯怪佢會傷害感情。但唔好咁戇柒啦，世界邊有你諗得咁美好，你呢種不知世途險惡嘅人就最容易被人玩。唔係叫你唔好信人，而係保留番少少警覺性，保護自己都好。

4. 你覺得大家好恩愛、甜蜜，所有嘢都好完美，佢冇原因搵

第二個。不過就算你哋好到點，都唔代表佢會一世專一，有啲人就係可以將愛同性分得好清楚。

第二種情況係你知道佢咁背叛你，但唔想相信。

通常人聽到啲壞消息時，第一時間都會否定件事，唔想接受咁殘忍嘅事實。與其話唔相信，不如話就算你有晒明顯證據，知道件事係真，都唔肯相信，唔想正視件事，只係想逃避痛苦。就算你過唔到心裡面嗰關，主動走去問佢，但當佢拼命講大話，否認自己有背叛你嗰陣，你仍然會努力附和佢，刻意扭曲事實，信佢唔係嗰啲人，呃埋自己。

無可否認佢真係愛過你，做過好多浪漫嘢，為你犧牲過，陪你經歷過好多，但係唔好唔捨得揭穿佢嘅謊言。本身你已經被佢呃咗咁耐，如果縱容佢，佢重施故技，你又被佢呃咗一段時間咁點算？你有咁多時間可以浪費？佢嘅愛已經係過去式，佢傷害你係現在進行式，你應該為自己嘅未來諗一諗，青春係唔係要繼續浪費喺呢啲人身上。

　　　　　　　　　　　　　有些愛　原來堅不可摧

- 唔好以為可以改變到佢

「佢係出軌，但我可以令佢變好。」—— Nancy

　　Nancy 係公司主管級，佢係典型嘅獅子座，天生領導型性格嘅佢有主見、有目標、有能力，下屬都好聽佢話。由細到大，佢已經係人群嘅中心點，好受朋友歡迎。朋友有每次有咩諗唔明搵佢，佢都可以解答，例如失戀、選科選系、升學、辭職，每次佢都識用第三身角度話畀啲人聽，點做先係最好。多年以來被 Nancy 幫過嘅人，用全部手指、腳趾加埋都數唔晒，大家都好感激佢，所以佢人緣好好。可惜，Nancy 職級高、人工高，冇男人夠膽追佢，除咗一個人，佢就係啱啱新入職嘅 Ben。雖然 Ben 同 Nancy 相差 8 年，不過佢都被呢位姐姐吸引咗，對佢好有興趣，成日買甜品送畀佢食。本來公司唔睇好呢對姊弟戀，偏偏 Nancy 枯木逢春，接受咗佢。一開始，Ben 的確對 Nancy 好好，但日子耐咗，佢好明顯淡咗，仲成日撩公司另一個女同事，同事們都笑 Nancy 揀錯人。Nancy 不以為然，佢覺得自己幫到人，都一定幫到自己同 Ben 嘅愛情，搵咗日約 Ben 出嚟，教佢應該點拒絕女仔。Ben 表面上唯唯諾諾，但私下其實笑緊 Nancy 以為自己真係

大家姐，佢早就有同幾個女同事上過床。Nancy 係聰明女，佢又點會估唔到 Ben hea 佢？依家嘅佢都唔知點做……

　　平時嘅你喺公司、屋企做開話事嘅人，好有自信，以為自己咩都搞得掂。雖然對另一半出軌呢個突如其來嘅消息表示震撼，不過你將佢視之為挑戰同動力，堅決唔會退縮。你仍然相信任何人都可以知錯能改，覺得憑自己一個嘅愛同能力，之前都可以幫到朋友改變生活，今次都可以令誤入歧途嘅另一半浪子回頭，令佢一心一意同你一齊。不過正當你自以為你能夠控制場面，令結果圓滿嘅時候，佢都唔係省油嘅燈，知道唔使做啲咩實際行為，只要扮好後悔、會改過去氹吓你，你就會好有滿足感，諗住再次救贖成功。但係講真，性格幾強嘅人都唔係神，唔可以改變一個人嘅天性，佢天性係咁，你有幾大嘅能耐都唔會改變到佢。

- 唔好信佢嘅所謂解釋

「佢話飲醉咗先會咁，佢都唔想……」—— Ray

　　Hana 係一個有夫之婦，同 Ray 結咗婚 10 年，本來兩個人感情好好，但就被一個「意外」令呢段婚姻出現暗湧。原來佢哋隔離搬咗個新鄰居，個鄰居大大隻，幾靚仔，Ray 每晚好夜收工，每次返到屋企就會咁啱見到有個女仔喺個鄰居屋企離開，仲要個個女仔都唔同樣，不過佢哋都有個共同特徵，就係好瘦，條腿好～長。Ray 覺得個鄰居一定係食飛機餐，望住老婆 Hana 對白滑長腿，佢擔心個鄰居會對 Hana 有不軌企圖，叫 Hana 小心，出去要著返條長褲，Hana 應承咗，不過轉個頭就唔記得。有日 Ray 要開 OT 未返屋企，Hana 著咗短裙仔落去屋企樓下收件，咁啱撞到個鄰居揼垃圾。鄰居見到 Hana，問佢可唔可以幫口試吓新菜式，Hana 一口答應，入咗佢間屋。個鄰居除咗送上嗰味餸，仲遞上紅酒。Hana 唔係好飲得酒，好快就成塊臉紅卜卜，個鄰居見準時機即刻錫咗 Hana 一啖，後來兩個人愈錫愈火熱，完全察覺唔到道門未閂實，Ray 望到呢一切。Hana 即刻衝去 Ray 身邊，佢話佢都唔知發生咩事，係飲醉咗先咁。

聽完真係火起，咩叫醉咗先會咁？酒醉三分醒呀！佢就梗係想講兩句當咩事發生過啦！你問佢同第二個搞嘢 high 唔 high？問佢喺身體交合嗰刻，有冇理過其他人感受？點答你啫，因為連佢都呢唔到自己。如果佢真心愛你，放你喺第一位，就一定戒到呢啲慾望，唔好牽連到你。

除咗飲醉酒呢啲嘅垃圾藉口，你聽到佢試圖解釋出軌行為，都應該即刻收佢皮。如果佢話啲朋友個個試過偷食，所以佢自己都試吓？你就話：「朋友用槍指住你，叫你快啲同第二個搞嘢，唔係就一槍隊冚你呀？」；如果佢話因為屋企人叫佢騎牛搵馬，搵個好啲嘅對象，佢先會出軌？你就話：「咁聽屋企人話，叫佢攬住老竇老母過人世啦，唔好出嚟禍害人間呀。」如果佢話外在誘惑太多，定力唔夠？你就話：「鹹濕冇問題，好多人都鹹濕，但係控制唔到就係仆街。」

人同動物一樣有性慾，但人禽之別在於：動物有固定發情期，佢哋周圍搞嘢只係想多啲下一代，傳宗接代；人有道德規範，知道咩做得，咩唔做得，可以控制慾望，更何況就算要傳宗接代，都唔係求其搵個人就算，仲要講求心靈上係唔係契合，咁

先係愛情嘅意義。出軌事實擺喺眼前，無論佢點否認同解釋都係狡辯。唔好相信佢嗰啲所謂嘅原因，唔好覺得佢係迫不得已咁做，唔好將佢嘅行為合理化，覺得佢只係錯咗一次，唔算得係啲咩，咁樣安慰自己。但你唔係傻㗎，咪被佢迷惑啦！

- 唔好聽佢嘅甜言蜜語

「佢話只係愛我一個，會做佢老婆嘅人只得我。」—— Gloria

Gloria 檢查 Alan 嘅電話通話紀錄，見到佢同一個人打電話打得異常地密，啲時間仲好奇怪，keep 住每日朝早 7 點，夜晚 12 點都會講一次大約 15 秒嘅電話。呢兩個數字，正正係 Alan 固定嘅起身同瞓覺時間。Alan 曾經同 Gloria 多次提過，自己最唔鍾意講電話，Gloria 雖然失望，不過都冇勉強佢。Gloria 拎起 Alan 嘅電話，撥打咗過去。「喂？做咩咁夜打畀我嘅？我咪話沖緊涼囉～」另一邊係一把好嬌嗲嘅女人聲。Gloria 知道 Alan 背住佢偷食，即刻質問 Alan，點知 Alan 直接承認。Alan 一臉痛苦咁道歉，佢話：「嗰個女人好鍾意我，佢係大客，我唔敢得罪佢，所以先會暫時同佢一齊……你放心，做成單生意，我一定會同佢斷絕

來往。我最愛嘅人係你，冇咗你，我寧願死。等到簽咗單，我有錢，同你即刻結婚，我哋會生好多好多小朋友，好冇？」自此之後，Alan 以做生意為藉口，根本冇同嗰個女人斷過，仲好多次帶返屋企。Gloria 見到明明個心好痛，但當 Alan 氹吓佢，佢又好似冇事咁，更加愛 Alan。當其他朋友都睇唔過眼，Gloria 仲幫佢解釋：「佢做生意啫，佢仲對我好好。」

當你太依賴佢，個世界得番佢，份人又容易受感動，就好容易畀佢控制住喺手上。即使佢根本冇停止背叛你，亦冇實際行動去完成嗰啲諾言，令你屢受傷害，你都會因為佢區區講幾句你鍾意聽嘅說話，溫柔嘅討好，說服自己依然被愛。然後你會心軟再畀機會佢，仍然死心塌地咁愛佢，最後陷入惡性循環裡面，無法自拔，情況有少少似斯德哥爾摩症咁。

所謂嘅「**斯德哥爾摩症**」又稱為人質情結、人質綜合症，係一種自我防衛機制，即係被害嘅人對加害嘅人產生同情，認同佢哋嘅諗法，慢慢就會覺得自己唔再受到傷害。比較出名嘅事件有1973 年發生嘅諾馬爾姆廣場劫案，一名犯人打劫銀行，劫持咗 4名人質 6 日咁耐。個犯人一直威脅緊人質嘅生命，但偶爾都會表

現仁慈一面。結果啲人質唔單止冇憎個犯，反而感激佢，甚至崇拜佢，衍生出同佢休戚與共嘅依賴心理。最後人質獲救，佢哋都有幫犯人辯護，其中一名女職員更加同個犯人訂婚。

當然斯德哥爾摩症要喺被害人必須相信冇可能脫逃先會較大機會患上，相信你另一半唔會去到呢個地步，不過你都唔好好似啲人質咁傻啦！佢明明一次又一次咁背叛你、傷害你，你仲去體諒佢，幫佢講說話？兩個人相愛係要有行動，唔係呃呃氹氹，唔好合理化佢嘅錯誤，唔好被佢嘅未來承諾打動，如果佢背叛你嗰刻真係仲愛你，有諗過你，又點解會咁狠心呢？

- 第三者唔係最大責任

「最衰都係隻狗公，如果唔係我哋唔會咁⋯⋯」—— Sunny

Sunny 本身同 Salvia 同居咗好耐，本來以為大家可以細水長流咁去到結婚嗰日，但呢個時候 Sunny 發現 Salvia 呢排成日拎住個電話，同某個人傾偈傾到三更半夜，Sunny 瞓咗佢都未瞓。Sunny 問 Salvia 嗰個人係邊個，佢都只係笑笑口話冇同人傾偈，

只係搞公司啲嘢。漸漸地，Salvia 放工之後愈來愈遲返屋企，佢話依家要同成班同事去食飯，應酬老闆。Sunny 心諗，Salvia 真係好慘，做打工仔做到佢咁，無論夜晚放工返到屋企定係假期都要佢 online，24 小時候命，好辛苦。為咗令 Salvia 減輕搵錢供樓嘅壓力，Sunny 搵到份些粉 sales 兼職，希望搵多啲錢。雖然工作辛苦，不過 Sunny 認為為咗 Salvia 係值得，仲要佢辭職唔好再做呢啲西工。Salvia 好人反應，堅決話要繼續做，Sunny 點勸佢都冇用。有日 Sunny 偷偷哋去 Salvia 想接佢放工，畀個驚喜佢，點知見到佢翹住個陌生西裝佬嘅手過馬路。Sunny 即刻跑過去，打咗個男人幾拳，扯住佢衫領大叫：「狗公！唔好掂我女朋友呀！」。Salvia 大驚，一臉心痛咁扶番個男人起身；同時叫 Sunny 即刻停手，其他見義勇為嘅途人紛紛幫手捉住 Sunny，唔畀佢再打人。

呢幾年，我哋久唔久都會見到有幾單新聞係話「原配捉奸在床圍毆小三 除衫遊街示眾醜態百出」、「大婆當街逮夫外遇 怒打情婦場面凶殘」等。被背叛嘅正印自己出手，或者搵一大班人搵第三者出嚟執行私刑，虐待手法五花百門，期間不斷鬧佢唔要臉、再影低佢嘅狼狽樣，然後將片放上網公開批鬥。

好多人覺得第三者淫蕩、不知廉恥，破壞人哋家庭幸福，永遠都係個令人痛恨同唾棄嘅存在。作為正印，見到另一半有偷情嘅證據，知道有第三者嗰刻一定好嬲，恨不得將佢撕成碎片。如果見到第三者真人更加火遮眼，將另一半不忠嘅怒火全部發洩喺佢身上。不過打人唔可以解決問題，仲係犯法㗎，上到庭個官唔會理你有咩原因，有幾嬲，故意傷害他人身體，點都要留案底、罰錢，甚至坐監。為咗對狗男女害咗你下半生，好唔值得囉！仲有你就算唔打人，用其他方法去報復第三者都係好傻，一來破壞自己形象，二來你咁害人，被人睇到好似你先係衰人咁。更何況你根本唔知，第三者係唔係都係被人呃，大把人隱瞞自己有男女朋友，表面上講到好冧佢，實際上只係當佢炮友呢情況都屢見不鮮啦。

要負上最大責任，應該係你最愛嘅佢。一隻手掌拍唔響，就算第三者主動勾引都好，佢明知自己有你，如果夠愛你，又有定力，又點會被迷惑到？你有睇開《西遊記》都會知唐三藏取西經之路有好多蜘蛛精、白骨精想食咗佢，特登化成靚女又除衫又爬上身，就係想引起唐三藏嘅色慾，但佢有冇受影響？佢冇呀。佢一直清心寡慾，保持理性，從來冇動搖過，人哋又奈到佢咩何

呢？既然你嘅愛人出軌，就證明佢本身都有問題啦。佢事前點會都有衡量過值唔值得冒有機會分手、離婚、妻離子散嘅風險，唔係將所有責任推畀第三者，以為你會放過佢嘛？真心愛你，當初就唔應該行差踏錯令你傷心。

02

切勿睇死自己

唔少人信心不足，好介意人哋點睇自己；或者太好人，過分著重人哋諗法，忽略自己嘅感受。呢種人當面對另一半出軌嗰陣，都會諗太多，擔心會影響生活或者其他人，所以偏向啞忍，唔敢講出聲，最後令到自己蝕底。

其實錯嗰個係佢，你又使咩諗咁多呢？一段感情係需要兩個人維繫，從佢背叛你嗰刻起，佢已經出賣咗你咁耐以嚟為咗段感情付出嘅心機、時間，更加冇為你，同其他人諗過，甚至佢一開始早已睇死你唔會，亦唔敢為咗呢件事反面。

人人生而平等，冇人一生出嚟就要做下等人，既然佢可以咁

自私，你都唔應該太軟弱，否則你只會一直被佢食住。勇敢啲，攤佢牌，畀佢知道你冇咗佢都可以生活得好好。

- 唔好將責任攬晒上身

「佢之所以咁做都係因為我嘅錯……」——Renee

Renee 同 Shuen 本來好好感情，不過近排 Shuen 公司換咗新老闆，佢隔日就被老闆鬧，心情好差，同 Renee 傾偈嗰陣忍唔住發洩喺佢身上，少少嘢就用粗口鬧佢蠢，辱罵佢。Renee 覺得好委屈，有問題嗰個又唔係佢，係佢老闆，唔明點解 Shuen 一次又一次咁鬧話佢，所以決定大家冷靜吓。Shuen 極力挽留，但 Renee 堅持，之後嗰兩個月，佢哋冇見過面，只係喺電話傾咗幾句，講嘅都係「早晨」、「食飯嘑？」、「Goodnight」，同埋「嗯」、「哦」、「好」呢啲嘅廢話。Shuen 覺得同 Renee 距離愈來愈遠，主動搵佢，希望重修舊好，Renee 都應承了。不過冇見兩個月，大家感覺生疏咗好多，傾偈都尷尷尬尬。本來 Shuen 為 Renee 戒咗煙酒好耐，原來佢食番，而 Renee 連扑嘢都提唔起勁。後來 Renee 意外發現 Shuen 收埋喺銀包嘅收據，見到佢買嗰啲女裝底

褲、bra、情趣用品。Renee 知道 Shuen 偷食，因為佢哋自好番之後根本冇搞過嘢。佢質問 Shuen，Shuen 就話番佢，鬧佢冇包容過自己，所以佢先搵第二個，仲同 Renee 講，愛佢就唔應該怪佢。Renee 好後悔，佢覺得都係自己玻璃心要嘈交、冷戰，先會搞到咁。

好多人喺面對另一半出軌嘅時候，都會方寸大亂、失去理智，將所有責任攬晒上身，咁做有兩個原因：

1. 你真係信佢講，以為係自己問題，完全理解佢點解想出軌。

2. 你好痛苦，接受唔到最愛嘅人原來係咁衰，做出啲咁嘅事，所以你寧願搵個比較接受到嘅解釋，就係覺得一定係自己衰、做得唔好、解決唔到問題，唔係一個好嘅男女朋友，佢先會頂唔順搵第二個。

3. 你知道出軌呢件事解決唔到，冇轉機，怕當你將佢當成衰人，就冇得再依賴佢，關係亦都要完結。

於是你扭曲真相，唔單止說服自己，佢冇做錯，用好多藉口幫佢脫罪，都唔願意將佢當成壞人，仲將成件事歸咎係自己問題，咁你就可以努力改善自己嘅「缺點」，繼續保護呢段關係。好似 Renee 咁，佢自責冇 Shuen 遇到難關嗰陣留喺佢身邊，喺性上面又唔可以滿足 Shuen，所以先會令佢再次沉淪喺煙酒世界當中，甚至出軌尋開心。Renee 希望咁樣諗，會令大家嘅關係可以持續落去。

　　不過一旦咁諗，就好難睇得清現實，現實係唔理點講，出軌本身就係錯㗎啦！乜嘢唔分是非黑白，就咁硬食佢對你嘅指控？無論你哋之間有咩不和，或者係你嘅問題，咪兩個人溝通吓，諗吓有咩辦法改善，唔啱講到啱囉，而唔係畀佢用嚟搞三搞四嘅藉口。仲有，佢冇權去道德綁架你，話愛佢就要不斷包容佢，如果你介意就係唔愛佢。

　　愛情係唔會計算大家，愛一個人、想同嗰個人過一世，亦唔會想呃佢。當佢有心呃你，對你唔住，係連最基本嘅誠信同尊重都冇，當你係馬騮咁玩咋。將心比己，邊個可以承受到咁樣被人玩弄？一句講晒，做人要有底線，一日佢唔認錯，你都唔好放棄

自己，一味自責，就咁接受番佢。咁樣只會顯得你更加卑微，毫無尊嚴，更加唔可以令佢了解到自己有咩問題，畀咗佢再次出軌嘅動力。

- 唔好驚被人嘲笑

「我同佢平時望落咁幸福，唔想分手被人笑。」—— Jeffrey

Jeffrey 同女朋友係大家眼中嘅模範情侶，佢哋自從一齊咗就日日喺 IG、臉書放閃，個個都話 Jeffrey 好彩，佢自己做緊 AO，仲有個咁錫佢，又搵咁多錢，唔使佢養嘅女朋友。連 Jeffrey 嘅老竇老母、幾個阿哥都好鍾意佢女朋友，覺得佢好識大體、有禮貌、有家教，成日都叫 Jeffrey 快啲娶咗佢。幾年前，佢哋第一次入紙抽居屋，點知一抽就中咗。同居後嘅生活，比 Jeffrey 想像中更開心，因為佢女朋友會主動做家務，又識煮嘢食，佢頓時覺得自己係全世界最幸福嘅男人，冇咩遺憾。不過 Jeffrey 太大意，佢只係見到女朋友嘅好，忽略咗佢喺做呢啲行為嘅時候，究竟係好公式化咁做，定係出自對佢嘅愛。有日 Jeffrey 部 notebook 冇電，想偷偷哋借用女朋友返工嗰個 iPad。但一開，佢就見到個對

話畫面，其中有幾張相，仲見到女朋友全裸，對住鏡頭擠胸咬唇單眼⋯⋯原來佢女朋友做咁多嘢只係想彌補自己嘅錯，等佢唔好發現自己背後原來做緊對唔住佢嘅事。呢排 Jeffrey 屋企人又開始煩，問佢幾時結婚⋯⋯

可能你覺得同佢一直係模範情侶，成日喺 IG、臉書放閃，擺啲錫錫相，講到幾愛大家，仲要去到談婚論嫁嗰步，人人稱羨，依家先話戴咗綠帽咁耐，覺得好柒，唔敢反面，怕畀其他人知。不過你諗咁多做乜？感情係兩個人嘅事，你同舅父拍拖咩？你同姨媽結婚咩？唔係呀嘛，咁你嘅終身幸福關其他三姑六婆咩事？你唔係做算命師，就算係算命師，都未必可以透過佢八字知道佢幾時出軌；你亦唔係預言家，就算係預言家，去咗預測地球幾時有災難啦，仲使喺度咩。既然你只係普通凡人一個，冇先知能力，佢又有心瞞你，你點知佢係咁嘅人，又點會預計到佢會咁做呀。

依家畀你睇清楚佢嘅真面目，之前同佢一齊嘅時間就當係經歷一種，記住佢用咩方法呃你、出賣你、利用你，之後再識異性，你咪可以睇得出對方有冇問題，搵到個更加適合你、會真

正錫你嘅人囉，到時仲幸福過之前多多聲呀！揶揄你嗰啲人由得佢，分分鐘佢咁笑你，佢另一半都係背叛緊佢，佢都唔知。所以你完全唔需要覺得瘀，直接踢爆佢啦，有良知嘅人會企喺你嗰邊。

- 唔需要為咗頭家死忍

「我唔想小朋友冇咗爸爸。」—— Vivian

喺啱啱結婚第一年，Vivian 就有咗，佢同好多人一樣，選擇放棄份工，做全職媽咪。呢幾年來，佢見證住老公喺生意上打拼，間公司都已經上咗軌道。本來 Vivian 以為一切都好完美，有仔、有老公、公司有穩定嘅收入。可惜，男人一有錢就身痕，佢老公把持唔住，聽講，對方係個又後生又靚嘅小妹妹。Vivian 忍唔到，提出離婚，但係佢老公冇認錯，亦冇道歉。離婚呢件事驚動咗啲姨媽姑姐，佢哋都嘗試說服 Vivian 就咁算數，當睇唔到：「唔好離婚，你一個女人仔要湊住小朋友好辛苦㗎」、「你依家冇嘢做，又冇返工咁耐，點搵到錢養個仔呀？」、「有咩事上嚟，有個男人陪住始終好啲嘅」、「你就咁走，小朋友點算，想佢哋喺唔健康嘅家庭成長？」。總之佢哋講到好似做錯事嘅人係 Vivian

咁，佢繼續糾纏落去就係佢問題。不過連 Vivian 都覺得佢哋講得有啲道理，其實拍拖加埋結婚，佢哋一齊咗 13 年咁耐，Vivian 一直都好依賴佢老公，佢老公都對佢唔差，平時生意上賺到嘅錢都會過落 Vivian 戶口。再加上睇在小朋友份上，Vivian 最後妥協，應承唔離婚。不過佢內心依然好煎熬，成日喺屋企亂諗嘢，幻想佢出去就會同個女人搞嘢，好痛苦。

唔知點解，社會總係覺得男人喺出面打工搵錢好辛苦，有少少行差踏錯好正常，做人老婆應該唔好管咁多，為咗小朋友有個完整嘅家庭，為咗自己有個幸福嘅婚姻，忍一時無平浪靜。結果你就真係信咗，以為繼續死忍就可以畀小朋友喺個完整家庭下成長，不過你未免太低估你對仔女喇啩？細個就話唔識嘢啫，慢慢大個，見到你同老竇分房瞓，見到大家黑面，態度差劣，點都會 feel 到你同老竇有問題啦。仲有，你覺得自己望住佢，真係可以忍到，咩事都冇？你係人嚟㗎，有感覺㗎，忍屎唔屙都會爆肛啦，你咁樣對自己傷害更加大。我怕當你見到啲嘢觸動到個心，情緒頂唔順，咁樣教育小朋友，唔多唔少都會將情緒轉移落佢度，甚至折磨佢，影響佢心智成長。除非你演技勁到，可以繼續同出軌嘅老公攬攬錫錫，咁你咪可以繼續忍囉，不過你唔好做人

老母喇，快啲出道喇，唔做演員嘥晒，一定可以攞到視后。

　　做人阿媽係辛苦，不過唔需要偉大到為咗頭家而委屈自己。如果真係為小朋友考慮，你更唔可以優柔寡斷，更唔可以心軟。你要更堅強面對，做個好榜樣，就算要做單親媽媽，重新出去搵工養家，同你相依為命嘅小朋友都會知道你一片苦心，更加鍚你。更何況你係個好女人，點會冇男人想照顧你，到時等小朋友喺個有愛嘅環境下成長，仲好啦。

愈想忘記

愈記得牢

愈陷得深

因為被他傷害過　不能做朋友

因為被他深愛過　不能做仇人

那就保持最遠的距離吧

倘若他背叛了你

請不要救他回來

對愛情過份執著

只會勒死自己

無論你做得再多

都比不上甚麼都沒做的他

從前你是他心中的王牌

現在你僅是他隨時後備

你不是機械人

你有心跳 感覺

毋須被他牽著鼻子走

沒有許願 就不會願望落空

沒有期待 就不會感到失望

沒有承諾 就不會遭受傷害

Chapter 4 /

方法 被背叛處理

第四章節

The Ways *to* Deal with Betrayal

01
放手前先要學識狠心絕情？

　　若然你已經攤晒牌，有咩情況係鐵定要分手？第一種，你想繼續一齊，但佢對你毫無眷戀，拎番晒之前留喺你屋企嘅嘢，擺明拋棄你，你強行挽留都冇用，只會為自己帶來更多傷害，放手啦。第二種，你同佢都愛大家，想挽回感情，但係佢依然不知悔改，繼續喺出面搞搞震，你唔係仲想一齊呀？忍到一次，忍唔到 100 次，為咗守護自己嘅尊嚴，唔需要畀臉佢，放手啦。第三種，你對佢心死，佢亦都已經移情別戀，呢種情況最簡單，唔愛大家咪直接放手囉，唔使諗。第四種，你接受唔到佢所在所為，提出分手，但佢死都想挽回感情。如果係咁，放手定原諒就你自己衡量，做人最重要開心、幸福，唔應該夾硬迫自己重新接受佢，唔需要有包袱。

　　　　　　　　　　　　　　有些愛　原來堅不可摧

總之唔使驚，你肯放手，好多人都會支持你。雖然放棄感情未必係最好嘅選擇，但可以令你離開會勾起傷心回憶嘅佢，重新出發，搵過第二個新對象，唔需要長期受到心靈折磨。不過當你決定要同件蛋散賤精分手，咁之後你就要學識點樣灑脫地離開。

- 要識得放下執著

所謂嘅執著，就係明知道佢唔愛你，同佢一齊係唔會有好結果，無奈選擇放手，但個心依然放唔低佢，非常在乎佢，甚至等佢回心轉意。可能你已經唔愛佢，只係唔甘心：我花咗咁多心機令另一半改變咗咁多，依家第三者插足就要我自動棄權，將另一半拱手相讓畀人？可能你依然愛佢，好唔捨得分開：我哋一齊咗咁耐，有好多回憶，一幕幕都刻咗我個腦度，唔想同佢變成最熟悉嘅陌生人。

但你要醒呀～～～既然係佢狠心背叛你，破壞關係，即係愛唔愛你都係廢話啦。行一個「壞咗嘅人」值得你掛住佢，你都行理由一廂情願咁等佢，搞到自己咁 cheap，連「樽鹽」都行埋。人生有幾多個 10 年？時間好寶貴㗎，最後徒勞無功，白等，咪好

戀居？呢種已經唔係執著，而係固執。你要明白，佢咁嘅人已經有得救，你哋嘅愛情已經終結，就好似一個人死咗咁，你又何必為咗個死人守寡？長痛不如短痛，選擇咗放手，就一腳踢走佢，快快將注意力喺佢身上抽走。

- 別讓仇恨支配自己

因為過份悲憤，有啲人或會失去理智，覺得佢冇情，自己就可以無義，大炒大鬧，喺唔清醒嘅心理質素下做出各種懲罰性嘅行為，例如：搵個有性病嘅人勾引佢，令佢染病；返屋企打爛晒啲傢俬；將佢嘅資料放晒上網，公審同批鬥佢，令佢前途盡失；搵人打鬧第三者，等佢深受侮辱，唔敢再破壞人哋家庭等等……當然你一樣都唔應該學，因為做呢啲嘢根本於事無補，唔能夠改變佢背叛你嘅事實，仲會令你愈來愈嬲，白白添加佛家所講嘅業障。如果搞大咗件事，你都被人影到擺上網，被起底，到時人哋網民加鹽加醋，可能你就無辜被寫做出軌嗰個，一夜「成名」。咁我問你喇，你到時點樣返工？點樣再識新對象？唔怕一萬，至怕萬一，有風險嘅事一樣都唔好做。保持冷靜，做好自己，下次再見佢，你就可以證明你活得畀佢好，用勝利者姿態面對佢。

有些愛　原來堅不可摧

- 愈傷心愈要自愛

　　原本你同佢係兩條疊埋一齊嘅線，互相影響大家嘅生活，但依家分咗手，兩條就會慢慢分開，變成平行線，佢做咩唔再關你事，你搞咩都同佢冇牽連。放手之後，你終於體會到真正失去佢嘅感覺，呢個時候有機會再次承受啱啱知道佢背叛你嗰種痛苦，甚至更加強烈。可能會變得沮喪、脆弱，自信心跌到低點，匿埋屋企唔出街，放棄打扮。當你望到塊臉嘅自己咁不修邊幅，更加自卑，更加覺得冇人會愛咁嘅自己：「冇咗佢，我唔知生存有咩意義……」當走唔出呢個陰霾，有啲人會選擇做傻事。但你要明白，呢個世界唔係得佢一個，仲有你嘅家人、朋友、同事、同學，同你有共同信念嘅人依然愛你同緊張你。如果你傷害自己，佢哋會好傷心，你捨得咩？其實你已經做得好好，好努力，我明白㗎，你仲有少少就可以成功喺努力喺悲傷之中走出嚟。

　　愛情唔係必要，冇愛情都可以好幸福。而且你依家只係放棄咗個唔值得挽回嘅賤精啫，其他異性又唔係死晒，如果你仲相信愛情，大把時間畀你慢慢揀個好對象。如果你唔相信愛情，保持單身又有咩問題？之前嘅你活得太辛苦喇，好好愛自己，之前冇

時間扮靚啲，就趁依家執番個造型，去做自己一直好想好想做，但因為前度唔畀而冇做嘅事，例如 sky diving、潛水、自己一個去旅行等等，可能期間會遇到個真正適合自己嘅人呀。

02

真係諗清楚要原諒佢？

呢個世界有兩種人會原諒出軌嘅另一半,一種係大家各有各玩,冇限制對方識、食咩人,知道佢背叛自己都冇咩感覺,只要佢仲識返屋企就得;另一種亦係大部分人嘅反應,從來冇諗過最愛嘅人會背叛自己,好似被刀割心咁痛,久久都不得平復,但因為真心愛佢,好想原諒佢,好想繼續一齊。

坦白講,無論喺咩時候,有咩原因,佢做錯就係做錯,背叛就係背叛㗎啦,冇得抵賴。佢平時點錫你,你哋拍咗幾耐拖、佢點解釋都改變唔到出軌嘅事實。但如果你同佢仲係深愛大家,一樣渴望破鏡重圓,重修舊好,而佢又肯為咗你放棄第三者,用行動嘗試彌補對你嘅虧欠,態度良好、有誠意……咁你可以試吓繼

續一齊嘅。不過由你決定咗要原諒佢嗰刻起，你要有被長期折磨嘅覺悟。

- 好好處理痛苦情緒

從知道佢背叛你嗰刻起，你覺得悲憤、崩潰都好正常，期間好大機會會經歷三個階段：第一階段，你做任何嘢都觸發到你諗起嗰件事，事事提唔起勁；第二階段，望住佢更痛苦，不自覺想疏遠佢；第三階段，表面上接受事實，可以繼續同佢一齊，但內心難以再次信任佢，疑心極重。

第一階段：

你啱啱知道佢背叛你，難以接受，歇斯底里，情緒最唔穩定。你會自己一個匿埋好好發洩，唔想有人騷擾，可惜啲回憶好似走馬燈，一幕幕喺腦海中放映，完全控制唔到。好似食緊嘢，諗起佢之前呃你同同事食飯，其實同第二個食；沖沖吓涼，諗起佢曾經同第二個人上床，互相摸勻身體每寸地方；夜晚喺寧靜、黑暗嘅環境瞓覺，特別孤獨寂寞，好似所有人都唔愛、離棄你

咁。總之無時無刻你都好易諗起唔開心嘅事,喊到隻眼都腫晒,塊臉被眼淚浸到好乾,食唔安,瞓唔落,每吸一啖氣都覺得痛。

第二階段:

即使捱過上個階段,你可以嘗試同佢相處,都唔代表痛苦就會咁停止。當你已經揭穿真相,望住佢感覺既熟悉又陌生——佢係你愛嘅人,又唔再係你當初愛嘅嗰個人。你知道從前嘅開心甜蜜日子係切切實實存在過,但唔明點解眼前嘅佢可以咁有機心,處心積累去欺騙你;唔明點解佢可以咁狠心,做出傷害你嘅行為,內心矛盾搞到你唔知應該點做,對佢依然有好強戒心,而且會執意挖出佢出軌嘅細節,不斷質問。

第三階段:

一座大橋最重要係個基底起得夠穩,一段關係最重要係信任,由佢違反只愛你一個嘅承諾開始,你哋嘅感情就變得岌岌可危。依家冇錯係一齊番,但唔好話重新信任佢,個心仲會有芥蒂,疑神疑鬼,控制欲極強,靠狂 check 佢手機、要佢影相證明

身邊冇其他人、拎晒佢所有密碼等，奢求一點安全感。

　　除此之外，你會好易亂諗嘢。以後只要有咩風吹草動，例如佢話想 OT、突然買新衫、去屙屎拎埋手機、同異性朋友傾偈，平常人睇落正常不過嘅小事，你都會以為佢想背叛你。仲有，以前你百分百信佢、愛佢，其他人嘅評論不足為懼，依家唔同，你對其他人嘅說話更加敏感，無論係有人無心講句：「頭先撞到你男朋友，佢同同事喺冰室食飯。」，定有人有意挑撥：「你女朋友去公司 party？死梗，佢點會收心養性吖。」，你都會懷疑佢又做咗啲對唔住你嘅事，同佢鬧交。

　　三個階段累積嘅負面情緒唔多唔少一定會影響你哋嘅關係，所以你要盡量搵方法發洩呢啲情緒，例如去打波、唱歌，排解壓力，努力建立起強大嘅內心。當然被背叛所傷嘅傷唔係一時三刻就能消失，都係要經過時間洗禮先能夠慢慢放低當日嘅委屈、埋怨，心情平復後就可以重新信佢，一齊建構將來，所以唔使急，慢慢嚟。

- 唔需要 100% 原諒佢

有好多人會陷入思想誤區，覺得原諒佢，即係要完全唔介意佢背叛過自己，連心裡面條刺都冇埋，望住佢亦唔會再諗起佢曾經不忠。唔好黐線啦！點會唔記得？只要你一日仲同佢一齊，一日仲愛佢、緊張佢、在乎佢，你化咗灰都記得呀。你係正常人就會有七情六慾，你唔需要徹底寬恕佢，唔需要忘記件事，就算隔一段時間諗番起，再次向佢表達你嘅傷痛都冇問題。只要你願意拎出嚟傾，佢願意一齊同你分擔痛苦，比起大家當咩都冇發生過，刻意逃避，更有效維繫感情。

- 作賤自己係冇助挽回感情

有啲人唔想放棄段感情，原諒咗另一半，選擇繼續同佢一齊，但又因為太在乎佢，吞唔落被背叛嗰啖氣。結果放縱自己，隨便搵個人唔戴套上床，用出軌報復出軌。你以為你都對佢唔住，就可以令雙方公平啲，令心理上得到釋放？以為其人之道還治其人之身，等佢試吓被最愛嘅人背叛嘅滋味，佢就會醒覺，變得更加愛你？你有冇諗過，出軌來係件唔道德嘅事，你咁做同當

初嘅佢有咩分別？你又將自己嘅身體同自尊當做乜嘢？係工具？行為上，你同佢一樣污糟，仲要主動博自己感染性病，到時中咗招，手尾長就大檸樂，有人會可憐你、同情你，陪你去醫；思想上，你比佢仲更加邪惡，佢或者出於鹹濕而出軌，但你就係為咗令佢同樣承受痛苦而做。呢個方法好愚蠢，因為唔甘心而失去理智，唔單止挽救唔到你哋嘅感情，令大家距離愈來愈遠，你仲會自甘墮落，名譽受損。如果你依然愛佢，就唔好將曾經受傷為藉口，幫自己嘅犯錯行為脫罪，應該諗辦法引導並糾正佢嘅錯誤，一齊攜手跨過呢個難關。

你更加唔好諗住自殘，故意做危險嘢，send 啲血腥相畀佢，等佢覺得內疚，因為補償心態同你喺埋一齊，以為咁樣就可以挽回感情。就算佢真係變專一，有再搵第二個，佢都唔係真心愛你，只係被你威脅到，驚你會睇唔開而已，咁嘅戀情唔會長久。想佢著緊你，唔係走向極端，用各種方法傷害自己，亦唔係攞佢嘅錯誤嚟折磨自己，相反要好好生存落去，積極健身，保持好身形，提升吸引力，畀佢知道，你除咗佢，任何時候都仲有其他更好嘅選擇。如此一來，佢會更加愛你嘅可能性咪仲大。

- 委曲求全等於縱容佢

　　依家係佢做錯嘢，唔係你做錯嘢，你哋一齊番之後，你唔需要因為話怕佢又再背叛自己，驚頭家散，就被迫樣樣聽晒佢話，求佢唔好走，例如癲到話：「如果你應承我唔再出軌，我咩都願意做。」呢個情況就好似有個拎住刀嘅賊仔潛入你間屋，偷咗你過百萬珠寶首飾，轉手賺咗筆錢。到下次佢再潛入你間屋嗰陣，你竟然冇乘機報警拉佢，而係開燈叫佢出嚟，切定啲靚橙、美國蘋果、爆汁日本提子招待佢，求佢唔好再偷嘢。比著你係個賊，你會唔會再偷佢嘢？梗係偷啦，有家人咁蠢唔拉我，仲要咁好服務，邊度搵？咁都唔偷簡直對唔住自己。所以你明唔明，你嘅好心寬容等同縱容，毫無阻嚇力，換嚟只係表面嘅風平浪靜。佢唔會感動到痛改前非之餘，仲會以為你好軟弱，再背叛你都唔怕有咩事發生，下次又再嚟過，唔識珍惜你哋嘅感情。更何況你驚佢再背叛自己都冇用，你都控制唔到，做好自己就算啦。

　　要維繫一段關係，係要兩個人共同努力改變、合作。挽回係有限度，佢冇心想修補關係，你就唔好做埋佢嗰份，仆住去蝕底。佢有心想修補，咁你就要明確指出佢嘅錯誤行為，等佢充分

了解出軌嘅嚴重性，而且要令佢知道依家邊個話事，要佢數番自己有咩錯要改，你再訂立對佢嘅要求，畀佢達成。記住由始至終做錯嘢嘅人係佢，驚嘅人亦應該係佢，佢要為自己製造出嚟嘅後果負責任。

有些愛　原來堅不可摧

作者	紙情
編輯｜校對	席
封面	Ling & Ringo

出版	孤泣工作室
地址	新界荃灣灰窰角街 6 號 DAN6 20 樓 A 室

發行	一代匯集
地址	九龍旺角塘尾道 64 號龍駒企業大廈 10 樓 B&D 室

承印	美雅印刷製本有限公司
地址	九龍觀塘榮業街 6 號海濱工業大廈 4 樓 A 室

出版日期	2020 年 7 月
ISBN	978-988-79940-1-5
定價	港幣 $98

facebook　｜　孤出版
instagram　｜　lwoavie.ph